Mi nombre es Misterio

Perdido en tu corazón

Sheina Lee

Enero 2022

<u>William</u>

"Uno no puede hablar acerca del misterio, uno debe ser cautivado por él"
(René Magritte)

William no podía dejar de llorar mientras observaba caer la nieve desde la habitación del Memorial Sloan Kettering Cancer Center de Nueva York donde estaba internada Lorna, su esposa.

-Esto no puede estar ocurriendo, es demasiado joven para morir-repetía una y otra vez como disco rayado. ¡Debí darme cuenta de que estaba enferma!

-¿Cómo? Eres solo un empresario, no eres médico ni mucho menos Dios, refutaba Angela Keith, la madre de William.

-No era necesario tanto. En poco tiempo había adelgazado muchísimo, tenía grandes ojeras; las señales eran inequívocas –insistía este sin lograr calmarse.

-Lorna nos convenció a todos de que padecía un poco de anemia, nunca podíamos imaginar que nos ocultara algo tan grave—reiteraba la madre de William tratando de no perder la paciencia.

-Es verdad, algo así era impensable, ella siempre había vendido salud-aceptó William.

-Ve descansar, el médico dijo que esto podías durar horas, días. No olvides que tienen una hija de cinco años, y que ahora eres su principal sostén.

-Pobrecita, no puede creer lo que está ocurriendo. Sonia fue justamente quien encontró su madre caída en el baño, y tuvo la madurez suficiente para llamar a nuestra vecina.

-Es una niña muy inteligente-sonrió Angela.

-Ya lo creo, pero estoy preocupado. No dijo una palabra desde que internamos a su mamá. Espero que sea algo transitorio.

-Con seguridad fue el impacto. Allí llega tu padre-comentó Angela sonriendo su esposo Jeff, parado en la puerta de la habitación.

-Papá, entra, no te quedes allí.-indicó William besando al recién llegado.

-Buenos días –saludó este devolviendo el gesto. ¿Cómo sigue todo?

-Igual-agregó Angela con tristeza.

-No sé qué decir-insistió el recién llegado pasándose una mano por su melena plateada.

-No hay mucho que agregar-comentó William cruzando los brazos sobre el pecho.

- Jeff, pensaba si podrías quedarte un rato acompañando a tu hijo-comentó Angela, así voy a buscar a Sonia. Pasó toda la noche en casa de la mamá de Lorna y esta debe querer venir al Hospital. Pobre mujer, hace dos años perdió a su esposo, y ahora esto.

-Por supuesto, me tomé el día libre en la empresa para acompañarlos-comentó haciendo alusión a la pequeña importadora de cosméticos que tenía con su hijo.

-Perfecto-agregó la mujer juntando sus cosas.

-Karen, su otra hija, ya está en viaje, también quedó sorprendida de la velocidad con que se suscitó todo. Parece que mi loca esposa le había dicho que estaba mejorando de su dolencia -comentó William sacudiendo la cabeza.

-Lorna siempre fue así-comentó Jeff secándose la humedad de los ojos. Una locuela.

-Eso fue lo que me enamoró, su alegría de vivir, su don de gentes. Siempre generosa, amable con todos. Sus alumnos la adoraban –comentó recordando a la comprometida maestra de preescolares.

-Escucha, hijo, ¿Por qué mejor no me acompañas a retirar a Sonia y de paso nos dejas en casa?- preguntó Angela. Tu suegra debe estar muy angustiada por no poder esta junto a su hija en los momentos finales. Y te hará bien salir un rato.

-De acuerdo. Esta tarde traeré a la niña para que se despida de su madre, ya no tendrá otra oportunidad para verla.

-¿Crees que es buena idea?-preguntó Jeff.

-La psicóloga de la escuela me lo aconsejó, Sonia debe tener claro lo que ha sucedido con su madre. Caso contrario, podría pensar que la abandonó.

-Si la terapeuta lo dijo, sabrá-asintió Jeff levantado los hombros.

-Papá, si hay algún cambio…

-Te llamaré inmediatamente. Toma aire, como dijo mamá, esto puede durar bastante aún. De nada vale que tú también te enfermes.

-Vamos, mamá. No quiero demorarme

-Está bien. Hasta luego, Jeff-asintió esta besando a su esposo.

<u>Liam</u>

"Se encuentra frente al gran misterio... Al que hace temblar a la humanidad
 desde su origen: ¡lo desconocido! "
Gastón Leroux

Liam observó aparecer el sol sobre las brillantes aguas y sonrió. Sin duda, Florida era el mejor sitio donde vivir.

-Lástima tengo que tengo que irme a trabajar-se desperezó observado el reloj. Tenemos la reunión por la compra de los nuevos coches en...exactamente una hora-exclamó saltando e la cama, imaginando los gritos de su padre si otra vez llegaba tarde.

Luego de una rápida ducha entreverada con una taza de café, el joven tomó la llave de su automóvil y se dirigió como disparado hacia el ascensor del edifico en que vivía desde que se había independizado.

-Debo apurarme, quedan veinte minutos.

Finalmente, y tras ignorar varias señales de tránsito, Liam llegó al inmueble de seis pisos propiedad de la familia y prácticamente voló por la puerta corrediza.

-Su padre y hermano lo esperan en la sala uno. En cinco minutos comienza la reunión-anunció la secretaria, imaginando lo que vendría a continuación.

-Gracias, Margot. Siempre tan encantadora-sonrió Liam sin detenerse.

-Y tú tan zalamero-asintió la mujer sacudiendo la cabeza ante la simpatía de Liam.

-Buenos días a todos –gritó el joven de veintinueve años buscando una silla vacía.

-Vaya, pensé que no vendrías –masculló Lucke Toh,su padre entrecerrando los ojos.

-Tuve un inconveniente, pero ya estoy aquí.

-Sucede a menudo cuándo se trata de reuniones laborales-insinuó el Hombre. Te quedó lindo el nuevo color de pelo.

-Es mi cabello natural, ya te dije que se aclara por el sol. Paso muchas horas en la playa.

-Lo tengo claro-refunfuñó el hombre.

-Comencemos –tosió su hermano Oscar intentando alivianar la tensión entre los hombres.

La reunión había terminado y Liam se disponía a salir cuando la voz de su padre lo detuvo.

-Dime, Lucke –titubeó llamándolo por el nombre que utilizaba en los momentos difíciles.

-Oscar, cierra la puerta .Quiero aprovechar que estamos los tres para hacer un comentario.

-Enseguida, padre-asintió el joven cinco años menor que su hermano

-Como habrán escuchado, a principios del próximo mes uno de ustedes tendrá que viajar a Dallas para finalizar las tratativas de este negocio. Preferiría que lo decidan ya mismo entre ustedes, nuestros nuevos socios esperarán que les informe quien nos representará antes de regresar a su casa.

-Papá, yo debo estudiar.Tengo el último examen en poco tiempo-anunció Oscar quien estaba cursando el último año de Negocios Internacionales. Además ya fui las dos últimas veces.

-Tienes razón. Y yo tengo muchas cosas que resolver por aquí, así que Liam será el favorecido.

-Imposible. Hay un encuentro de surf en tres meses y soy finalista. Debo practicar todas las tardes si pretendo obtener el primer premio-

-¿Ha terminado tu exposición?-vociferó el hombre golpeando la mesa con un puño. Tienes casi treinta años, es hora de que sientes cabeza. Grand no te esperará toda la vida, al fin te dejará.

 -Deja a mi novio fuera de esto. Él me ama demasiado para abandonarme, y siempre supiste que este negocio no me interesaba. ¡Deja que Oscar sea tu mano derecha, y concédeme la libertad que deseo!

-Lo siento, no permitiré que un hijo mío sea tatuador y haga caricaturas por las playas. ¡Eres un Toh!-insistió Lucke sintiendo que ardía por la furia.

-Papá, tu presión-tosió Oscar.

-¡A la mierda la presión! Respondió un descontrolado Lucke

-A veces te odio-lo enfrentó Liam. ¡Nos vemos en el aeropuerto!

-El domingo es el cumpleaños de tu madre, recuerda que te esperamos con Grand.

-Dale saludos, no sé si podré ir-acotó el joven dando un portazo.

-¿Qué hice de malo para tener un hijo así?-susurró Lucke mirando a su hijo menor. ¡La culpa es de Mollie, ella lo malcrío toda su vida!-gritó aludiendo a su esposa.

-Recuerda que Liam fue prematuro y enfermaba mucho. Mamá hizo lo que creyó conveniente-agregó Oscar.

-No ha tenido un resfrió en años-refunfuñó el hombre .Y hasta que se mudó hace tres años, ella le llevaba el desayuno a la cama.

-Te dejo, voy a conversar un poco con mi hermano-comentó pensando en ir a la playa donde este estaría trabajando con sus tatuajes.

-Buena suerte-asintió Jeff.

Oscar bajó las escaleras hasta el sitio en que solía acomodarse Liam y se sentó junto a la mesa de colores que este ya tenía armada.

-¿Cómo te está yendo?-preguntó fingiendo interés.

-Excelente. Tengo dos tatuajes más fijados en la tardecita e hice una caricatura para una pareja que se encuentra de luna de miel.

-La que me hiciste con Carmen quedó maravillosa-sonrió Oscar refiriéndose a su novia.

-Hermano, tendrás que ayudarme. En cuanto regrese del viaje firmaré mi renuncia. Estoy pensando en abrir un negocio de tatuajes y ya no regresaré a la empresa.

-Papá infartará. ¿Qué dice Grand?

-No lo sabe todavía, se lo comunicaré apenas regrese.

-¿Y sí no le gusta?

-Entonces terminaremos. Yo no soy como ustedes, detesto el traje y la corbata ¡Quiero ser libre! –gritó al mismo tiempo que levantaba los brazos al cielo.

-Y esa libertad tiene un pecio, hermano, ¿estás dispuesto a afrontarlo?

 -Por supuesto, siempre lo estuve-respondió acercándose a un muchacho que se acercaba a curiosear .Pregunta que no molestas-sonrió seductoramente al recién llegado.

-Hasta pronto, debo regresar a la empresa -se despidió Oscar comprendiendo que anda haría cambiar de opinión a su hermano

-Eh, Oscar- otra vez que vengas sácate el traje. ¡Parece un loco!-se burló este ignorando el gesto que este le hacía con el dedo medio.

 -Algunos trabajamos-respondió Oscar secándose el sudor que le corría por el rostro.

<u>Capítulo I</u>

William apretó fuerte el hombro de su hija y se secó nuevamente las lágrimas, intentando creer que estaba viviendo una intensa pesadilla de la cual despertaría muy pronto.

-No sé qué haré sin ella, Lorna era todo para nosotros-meditaba intentando poner atención al sermón del Pastor que su suegra se había empeñado en llevar.

-¡Y esta maldita garúa que no para!-rugió su padre quejándose por la suave llovizna que caí sobre los presentes, aumentando la tristeza y desazón del momento.

-Hasta el cielo llora tu ausencia-susurró William observando cómo la gente comenzaba a disgregarse y varias personas se acercaban a saludarlo.

-Hijo, ¿estás listo? Vamos un rato a tu casa-comentó su madre.

-Adelántate. Quiero quedarme un rato a solas con mi esposa. ¡Hay tantas cosas que no le dije!

-Bien, llevaré a Sonia conmigo. La pobre no ha comido nada desde la mañana. Ven querida-sonrió Angela con suavidad.

La niña miró dubitativamente a su padre, quien intentando infundirle confianza, la entregó a su abuela.

-Ve querida, en seguida estaré con ustedes.

Sin decir una palabra, Sonio tomó la mano de Angela y se perdió entre el lúgubre lugar. Una vez solo, William se cubrió el rostro con las manos, y comenzó a llorar, dejando salir todo el dolor que tenía guardado.

-¿Por qué tú, carajo ?¡Tenías tanto qué hacer todavía! -gritaba sin poder contenerse.

Lejos de allí, un molesto Liam intentaba explicar a su novio el motivo por el cual no podría acompañarlo en su viaje.

-Te lo dije reiteradamente, es un viaje pura y exclusivamente de negocios. *"Y Dios mediante, el último que haré"*-pensó el hombre sin hacer comentarios.

-Hemos ido juntos a otros -afirmaba el hombre. Y nos hemos divertido.

-Este es muy complejo y no tendré tiempo de distracciones .Entiéndelo, y ve organizando nuestra boda. En cuanto regrese, fijaremos fecha definitiva-asintió de mala gana.

-No sé porque te veo diferente, como si estuvieras por decirme alguna cosa y no te atrevieras.

-Boberías tuyas -sonrió Liam. ¿Cómo marchan tus cosas?-preguntó intentando cambiar el tema.

-Más que bien. Si triunfo en el próximo caso papá me pondrá de titular en el bufete-sonrió Grand. Y seré socio principal-comentó el joven entusiasmado.

-Siempre supe que sería un gran abogado, el mejor de todos -sonrió Liam pensando que diría su novio cuando se enterara que iba a dejar la empresa familiar para dedicarse a realizar tatuajes y caricaturas.

-Gracias, eres maravilloso-asintió este basándole la palma de la mano.

"Nunca debimos ennoviarnos-pensó el joven recordando cómo se habían conocido en un juicio llevado a cabo contra su empresa hacía unos años. Pero lo amaba, estoy seguro de ello. Al principio fue maravilloso, creí que había encontrado al hombre de mi vida, lástima que al poco tiempo se tornó en un tipo previsible y aburrido. ¡Nuestros padres se pusieron tan felices al vernos juntos! Quien lo hubiera dicho, el miedo que tenía en salir del closet en casa…pero a nadie le importó demasiado. Solo querían que sentara cabeza, Grand llegó como anillo al dedo.

-Te veo muy distraído, parece que te fuera a salir humo de la cabeza.

-Dime, querido. ¿Me amarías igual si te dijera que voy cambiar de profesión?

-Pues claro que sí, yo no me enamoré de tu carrera, sino de tu persona. Te quiero, Liam. Me encanta tu simpatía, tu gran corazón, tu locura que le pone un toque de magia a mi vida.

-Eres maravilloso-afirmó el joven .La persona que todos querrían como compañero de vida.

-Estás muy extraño-afirmó Grand juntando las cejas.

-Quizá un poco nervioso, como te dije este viaje es muy importante para la empresa.

-Entiendo, entonces, ¿Qué tal si nos vamos?

-De acuerdo, te dejaré en tu casa.

-Pensé que pasaríamos la noche juntos.

-Deberás perdonarme, estoy muy cansado y nervioso. No serviría de mucho.

-Puedo hacerte compañía, no precisamos tener sexo-insistió Grand. El amor es más que sexo. Pasa también por acompañarnos uno al otro.

-*"Allí está el problema, no sé si lo soportaré "*-pensó sin decir una palabra.

-¿Liam?-acotó Grand levantando una ceja. ¡Ya te perdí otra vez!

-Tengo que estar temprano en la oficina, y por la tarde tengo práctica. Prefiero descansar.

-Como gustes-refunfuñó el joven. Y ten cuidado, ya no eres un chiquilín para desafiar a las olas.

-Acabo de cumplir treinta, y espero seguir hasta los ochenta, ¿crees que podrás soportarlo?

-Lo intentaré -asintió Grand. Aunque espero que tus intereses cambian cuando formemos una familia y tengamos hijos.

-Nunca hablamos de niños -rumió Liam.

-Pero hablamos de formalizar, y eso es parte del paquete. Imaginé que estaba claro.

-Mejor marchamos, tengo que madrugar-insistió Liam pensando que la idea de la boda cada vez le gustaba menos.

William entró al despacho de la psicóloga infantil y se preparó a espera el diagnóstico sobre Sonia.

-Tres psicólogos y dos psiquiatras .Todos me dicen lo mismo. Veremos si este cuarto tiene un planteamiento diferente-pensó William sentándose frente al despacho de la simpática mujer.

-Su hija no presenta nada extraño, es una niña completamente normal y muy sensible. Me atrevo a afirmar que la muerte de su madre le produjo sufrió un shock muy fuerte y, por algún motivo, decidió dejar de hablar. Pero resolvió sin problema todas la pruebas que le puse-sonrió la mujer mirando a la niña que parecía concentrada en un libro de animales. Incluso creo que puede leer frases enteras perfectamente.

-Mérito de su madre, Lorna era una gran lectora-asintió William orgullosamente.

-Sé que es difícil, pero yo diría que por ahora no se alarme Comparta con Sonia todo el tiempo que pueda, y tenga paciencia. Podría indicarles una breve terapia, pero prefiero esperar.

-¿Qué hay de los medicamentos que recomendó el psiquiatra?

,-No veo signos de depresión ni otra patología mental en la niña como para ser medicada, eso sí, contrólela sin que lo note. Como le comenté, es muy suspicaz. Pero usted es el padre, tiene la última palabra en cuanto el tratamiento a seguir.

-De cualquier forma, me gustaría que viniera algunas sesiones con usted, presiento que estará más contenida.

-Será un placer, pero me gustará sugerirle una cosa.

-Diga nomas, su profesional opinión es muy bienvenida.

-¿No ha pensado en mudarse? Me comentó que es dueño de una importadora de cosméticos.

-Así es, pero no veo que tiene que ver mi trabajo con el problema de mi hija. Por otro lado, Sonia siempre amó su casa y su escuela, tiene muchos amigos allí. La zona en que vivimos es muy linda, y sus abuelos están cerca.

-Creo que no me expliqué bien., me refiero a otro Estado diferente.

-Jamás, como le comenté éramos muy felices aquí-respondió estupefacto.

-Pienso que será algo bueno para Sonia. Nueva casa, nuevos amigos, quizá un lugar distinto, como para comenzar de nuevo.

-No lo veo viable, tenemos toda nuestra familia aquí, salvo una hermana de mi esposa que vive en Austin. Ellos son mi apoyo.

-Quizá usted pueda dirigir sus negocios desde otro lugar, por lo menos por un tiempo.

-Los abuelos enloquecerían si me la llevo, es su único nieta-insistió William.

-Es por el bien de la niña. Piénselo, vea opciones, y decida qué es lo mejor para Sonia y Usted Tal vez le haría bien alejarse de esta ciudad.

-Lo haré –asintió. Mientras tanto, me gustará que me hija venga a...terapia con usted.

-Mañana a las dieciocho tengo una hora libre, si lo desea puede traer a Sonia, le queda justo a la salida del Colegio-comentó la mujer tras revisar su computadora.

-Seremos puntuales. Buenas tardes-sonrió llamando a su hija para marchar.

-Adiós, Sonia. Mañana tu papá te traerá otro rato para jugar conmigo, ¿te gusta la idea?

Un intenso silencio siguió a la pregunta, hasta que William agregó.

-Nos vemos a las dieciocho.

-No desespere. Y reflexione lo que le comenté hace un rato. Muchas veces, los cambios son positivos.

Al igual que acostumbraba Lorna cada noche, William leyó un cuento a su hija, y tras comprobar que estaba dormida, se retiró a su habitación para pensar en las palabras de la terapeuta.

-¿Qué hubieras hecho tú, querida? Siempre parecías tener una solución a todos los problemas. Otra noche que no podré dormir- reflexionó buscando una revista en la mesa de luz de su esposa. Lorna solía guardar textos interesantes en este cajoncito "mágico" –sonrió William tomando entre sus manos una colorida publicación. ¿Y esto?-exclamó ojeando una página subrayada con rojo. Parece una guía de viajes, tal vez Sorna estaba organizando nuestras próximas vacaciones.

"Wimberley: Situado en el condado de Hays, Wimberley es un pueblo pequeño y tranquilo, ideal para un retiro remoto. Hay algunas buenas oportunidades para absorber el entorno natural con el que esta región está bendecida. Puede dar un paseo por la Devil's Backbone – un tramo escénico de autopista – y disfrutar de unas vistas fantásticas caminando los 218 escalones que suben a la Montaña de la Oración, o simplemente refrescarse en el Blue Hole – una de las piscinas más bonitas de Texas.

-Parece un sitio maravilloso –continúo leyendo. ¡Y está a menos de una hora de Austin, donde vive Karen! Creo que mi querida esposa, desde el sitio en que se encuentra quiere ayudarnos, al igual que lo hizo en vida. Mañana mismo hablaré con mi cuñada para pedirle que tome fotos de algunas casas por el pueblo, creo que aquí está la respuesta que esperaba-sonrió corriendo hacia su computadora para conocer mejor la localidad.

Diez días más tarde, William, pese a las protestas de los abuelos, William y Sonia se instalaban en una cálida cabaña de piedra en las inmediaciones de Wimberley.

"Está muy lejos-sollozó Angela cuando William comentó su idea.

-Será por un tiempo, y pueden visitarnos cuando gusten. Además, fue consejo de su terapeuta.

-Alejar a la niña de su familia, con todo lo que ha sufrido -sollozó la mujer"

-Y bien, aquí estamos-sonrió William observado la casa ante de entrar. Luego de que no acomodemos buscaremos una escuela para que tenga nuevos amigos. Y por supuesto tendremos un perro, y otros animales, siempre quisiste un cachorro.Ah, y nos podremos en busca de una muy agradable niñera. O tal vez puedas ir conmigo a Austin y…-hacía planes el hombre mientras su hija se hamacaba indiferente en un despintado columpio.

Liam besó a su novio por última vez y subió al avión que lo llevaría a Dallas. Nunca le había gustado volar, peros tenía claro que era la forma más directa de llegar a su destino.

-Quien sabe que sorpresa pueda depararme la vida en ese lugar, quizá una última aventura antes de contraer matrimonio. Si Grand acepta a un bohemio tatuador por marido - sonrió aceptando el vaso con gaseosa que la azafata le alcanzaba. *"No te esfuerces, querida. No soy tu tipo-suspiró al observar las fugaces miradas que la atractiva mujer le enviaba a cada rato.*

Liam estaba intentando dormir, cuando un sacudón lo despertó del letargo en que se había sumido.

-¿Qué ocurre?-exclamó acomodándose en su asiento para escuchar mejor a la azafata que hablaba por el parlante.

"Estimados pasajeros: Agradecemos que se acomoden los cinturones de seguridad, ya que estamos atravesando una zona de fuertes vientos. Manténgase tranquilos y en breve les daremos más información. Gracias-finalizó la mujer.

-Dios mío. Espero que esto pase pronto. Ya deberíamos estar llegando-reflexionó Liam mirando su reloj de pulsera.

-Escuché que hay algo que no funciona bien -gimió en ese momento un pasajero. ¡Nos estrellaremos!

Liam oyó esas palabras y saltó automáticamente de su lugar para mirar por la ventanilla.

-Me parece o, ¿estamos cayendo? —alcanzó a murmurar antes de recibir un terrible golpe en la cabeza y rodar como pelota por el pasillo del avión.

-Auxilio-gritó una mujer cayendo sin control encima de su cuerpo.

-Esto no puede estar pasando-gimió mientras veía correr hilos de sangre que parecían provenir de su frente.

Capítulo II

Liam intentó abrir los ojos, y comprobó que no podía, ya que el viento lo golpeaba con dureza, impidiéndole realizar cualquier movimiento.

-¿Dónde estoy?-exclamó una vez logró
sentarse. Parece...nieve. No recuerdo como
llegué a este lugar, en realidad ni siquiera
recuerdo quien soy-susurró horrorizado
metiendo las manos en su bolsillo para ver si
tenía alguna documentación. Lo único que tengo
claro, es que si deseo vivir, debo salir de aquí lo
antes posible. El cielo está encapotado, y cada
vez tengo más frío-susurró comenzando a dar
unos pasos. Allí parece haber una parte de un
avión, o lo que sea que eso sea. Intentaré llegar
y buscaré refugio hasta que la tormenta amaine,
incluso quizá haya algo de comer...
Haciendo un gran esfuerzo, Liam se dirigió
hasta el avión, desanimándose al encontrarlo
vacío.

-*Estoy en el horno*-gimió el joven cayendo desconsolado en un rincón. *Creo que veo un monedero, tal vez guarde algunas pastillas o chicles* –exclamó percibiendo una pequeña bolsa. Por *lo menos hay unos caramelos, servirán para matar el hambre mientras no encuentre otra cosa. Me cubriré con esa especie de trapo, el viento está cada vez más fuerte. Si no recibo auxilio en un rato, intentaré llegar a un pueblo por mis propios medios, debe haber alguno cerca, o alguien que me esté buscando.*

Liam estaba intentando descansar, cuando sintió que todo giraba a su alrededor.

-Maldición, estoy cayendo. Seguro es un alud -gimió hasta que al fin, el aparato se detuvo. Parece que al fin dejó de rodar, en cuanto salga un poco de luz comenzaré a caminar .No puedo quedarme aquí.

Liam bostezó y comprobó al tímido sol que luchaba por asomar entre las cima de algunas montañas.

-Hora de marchar, sin duda será demasiado tarde cuando alguien me encuentre. Todavía no he podido olvidar la Odisea de los Uruguayos que cayó en los Andes casi cincuenta años atrás... Nunca imaginé que m encontraría en una situación parecida-susurró recordando a los jóvenes deportistas que cayeron en un avión en la cordillera de los Andes y estuvieron como dos meses perdidos. ¿Cómo puedo recordar ese libro y no sé ni mi nombre?-pensó el joven, mientras cubierto únicamente con un especie de manta salió a la intemperie decidido a ubicar algún poblado entre esa solitaria inmensidad. La familia de Liam no encontraba consuelo al enterarse de que el vuelo de su hijo había sufrido un desperfecto por los alrededores de Texas, y los noventa pasajeros habían desparecido junto con el avión.

-Como saben, el Estado donde cayó es muy extenso-explicaba el encargado de RRPP de Air Usa, la empresa del avión accidentado- e increíblemente registra la mayor nevada de su historia. Estamos recorriendo el lugar en forma permanente, pero si sigue nevando de esa forma, tendrnos que detenernos hasta que el tiempo mejore.

 -¿Qué hay de nuestros familiares? ¡Deben estar desesperados esperando ayuda!-gritó Lucke.

- Pensamos que, debido al impacto y las condiciones climáticas las posibilidades de supervivencia son casi nulas. -susurró el hombre con tristeza. Pero como ya comenté, habrá que esperar. Por ahora, no podemos hacer más nada.

-Lo siento, no nací para esperar. Además usted dijo "casi" –gritó Lucke nuevamente.

-La Empresa ofrece psicólogos gratuitos como contención-agregó una joven con el uniforme de Air Usa

-Métase el psicólogo en el culo.Vámosno, gente, buscaremos algún avión particular que nos ayude-vociferó Lucke abandonado la reunión seguido de su esposa e hijo

-Disculpe, papá no suele actuar así, pero está muy enojado y dolido-comentó Oscar a uno de los funcionarios de la empresa.

-Es comprensible, pero hágale saber a su padre que no nos daremos por vencido. Lo mismo para todos-exclamó a las desconsoladas personas que retomaban la ronda de preguntas.

Liam estaba por perder la esperanza justo cuando le pareció ver una luz en la lejanía.

-Debe ser algún pueblo. Debo hacer un último esfuerzo, he caminado tanto que un poco más no me hará nada. ¡Una vivienda, gracias, Dios Mío, por no abandonarme!-gimió apresurando el paso.

Una vez frente a la vivienda de piedra, corrió con las pocas fuerzas que le quedaba el portón de metal y tocó a la puerta. No hay nadie – exclamó sentándose en un escalón bajo el porche. Esperaré a que regresen, de cualquier forma ya no doy más-acotó sintiendo que el sueño comenzaba a invadirlo.

Como todos los domingos desde que se habían mudado al pueblo, William y Sonia salían de la misa dirigiéndose directamente a su casa. Pese a no ser religioso, el hombre había descubierto que la tranquilidad de la capilla tranquilizaba su hija y la llevaba cada vez que podía.

-Todavía no hemos logrado que hable, pero estar aquí le hace bien-comentaba esa tarde William a George, el sacerdote local.

-El Milagro de Dios-repetía el Cura una y otra vez.

-Puede ser-asentía deseoso de no contrariar al buen hombre.

-Ten fe, seguramente, muy pronto pronto tu hija recobrará la alegría de vivir.

-Seré el devoto más fiel si eso llegara a suceder-
asentía William.

-Te tomo la palabra. Nos vemos-sonrió el
sacerdote besando a la niña antes de atender a
otros feligreses.

Sonia caminaba de la mano de su padre cuando
este la detuvo al divisar al hombre sentado en
su puerta casi cubierto por la nieve.

-Espera aquí, no sé qué hace ese tipo tirado en
nuestra entrada-murmuró William escondiendo a
la niña bajo unos arbustos, mientras tomaba un
grueso tronco como protección. No vengas
hasta que te llame, ¿comprendes?

La niña asintió con un movimiento de cabeza y
lentamente, el dueño de casa, se acercó al sitio,
hasta quedar frente lo suficientemente cerca de
Liam para poder sacudirlo con firmeza.

-Eh, tú levántate, ¿quién eres?-manifestó
levantando la improvisada arma.

-Yo.-susurró el joven .No lo sé. Estoy perdido.

-Debería llevarte a la comisaria, pero no resistirás el viaje-comentó observando las profundas heridas del joven. Además, la tormenta parece aumentar, así que no me arriesgaré a salir de aquí. Te ayudaré a darte una ducha tibia y luego irás al cuarto de huéspedes. Con seguridad, eres un atrevido excursionista cubierto por la tormenta de nieve-comentó. ¿Tienes alguna identificación?

-No-respondió Liam sin hacer más comentarios.

-Sin documentos, ni nada que te identifique será difícil hallar a tu familia. En fin, veremos que resulta de todo esto-exclamo el hombre haciendo un gesto a su hija para que se acercara.

-Hola-saludó a la niña que lo recompensó con una amplia sonrisa.

-Hace tiempo que no la veía sonreír de esa forma-confesó. Pero si te veo cerca de mi hija, te asesinaré sin peidad.Tengo un arma en casa, ¿te queda claro?

-Perfectamente, e intentaré pasar desapercibido.
Y en cuanto me recupere, puede estar seguro
de que seguiré mi camino.
- Si te comportas como dices, podrás quedarte
todo el tiempo que sea necesario.
-Gracias. Espero recordar mi nombre
rápidamente-asintió el joven caminando a duras
penas detrás del hombre.
Liam aceptó la ducha caliente y comió
vorazmente todo lo que el ofrecía su salvador.
-Debes descansar-agregó una vez su
improvisado huésped se arropó en la cama.
Mañana haré unas averiguaciones, no hace
demasiado que llegamos a este pueblo y no
conozco demasiado. Pero me las arreglaré.
-¿Cómo te llamas? Hoy no tuve ocasión de
preguntártelo - saludó Liam a la niña que lo
miraba con curiosidad, ¿cómo te llamas?
-Es mi hija y se llama Sonia. No habla desde
que…su mamá murió. Por cierto yo soy William
Keith.
-Oh, lamento escuchar eso-balbuceó Liam con
dulzura.

-Si no recuerdas cómo te llamas tendremos que darte un nombre –comentó William pensativo. ¿Qué tal Misterio? Eso es lo que eres.

-Me gusta-sonrió Liam. ¿Qué piensas, Sonia?

La niña asintió con la cabeza, escondiéndose inmediatamente detrás de su padre.

-Es extraño, hacía tiempo no la veía tan animada Por lo general, evita a la gente...

-Creo que sabe que me encuentro tan perdido como ella. Presiento que seremos grandes amigos-bostezó Liam.

-Duerme todo lo que precises, creo que esta tormenta va para largo-suspiró el hombre rezando que por lo menos regresara Internet para no sentirse tan apartado de la civilización.

"Así poder retomar mis negocios, y averiguar algo sobre este tipo"-pensó recostándose sobre un cómodo sillón ubicado frente a la estufa de leña.

Como oyendo sus ruegos, la Red regresó esa noche, permitiendo a William adelantar en su trabajo, ya que había decidido mantenerse despierto, para controlar mejor al extraño.

-Con una niña aquí, debo tener cuidado-suspiró.

.Al otro día, el hombre intentó averiguar por zonas cercanas sobre el joven, pero nadie parecía saber nada. En las pocas horas que tenían Internet buscaba datos de personas desaparecidas pero ninguno parecía encajar con las características de Liam.

Un mes más tarde, la Empresa de Aviación encontró la cabina de los pilotos despedazada y decidió definitivamente suspender la búsqueda hasta la primavera.

-Seguiré buscando, presiento que mi hijo está vivo-gritó Lucke cuando escuchó las terrible noticia.

-Me gustaría conversar con las familias de los...accidentados en forma individual para ver cómo podemos colaborar con ustedes -agregó el representante de Air Usa en la última reunión informativa.

-No queremos su compasión. ¡Y no nos daremos por vencidos!-exclamó Oscar-siguiendo a sus padres que ya estaban en la calle.

Asombrosamente, el vínculo entre Sonia y Liam crecía con el pasar de los días.

-No me gusta la idea de tener a un extraño con nosotros, pero el tipo parece pacifico, y Sonia se ha encariñado mucho con él. El médico lo vio, y dijo que esa pérdida de memoria puede ocurrir cuando la persona sufre un traumatismo muy importante, y deja a la persona totalmente desvalida. Sospecho que mi hija lo sabe e intenta protegerlo. Los dos están perdidos en un mundo extraño -comentó William al Sacerdote luego de la misa.

-Parece una buena persona, incluso se ofreció a hacerme unos arreglos en la Iglesia.

-¿Qué puedo hacer con él?

-Tú decides, pero el único lugar al cual puede ir si lo sacas es a un refugio gratuito. Y con todo mi respeto, parece demasiado educado para vivir en esos lugares. Pero como mencioné, depende de ti.

-Dejaré que se quede. Por algún motivo, presiento que puede hacer mucho bien a mi hija.

-Lo estaremos controlando de cerca -sonrió el cura. Ya mismo le indicaré algunas tareas para tenerlo bajo mis ojos.

-Le confieso que duermo con los ojos abiertos y mi arma al lado de la cama.

-Pienso como tú, no creo que sea necesario.

-Bien, regreso a casa. ¿Dónde están ahora?- preguntó William.

-Misterio suele llevar a tu hija a la zona artística, los iré a buscar.

-Deje, Padre, yo iré .De paso veo lo que hacen –asintió William.

El hombre se detuvo en silencio a la entrada de la habitación y se asombró al ver su hija sentada frente a Misterio mientras este parecía concentrado dibujando en una gran hoja de papel.

-Debemos marchar –tosió William.

-Espera un minuto, no te acerques. Casi término –sonrió el hombre.

-De acuerdo, los espero afuera-asintió William.

El hombre comenzaba a impacientarse, cuando
vio a llegar a Misterio de la mano de su hija,
quien traía en la mano libre la hoja que el
hombre había estado utilizando.

-Muéstrale a tu papá lo que estuvimos haciendo-
indicó Liam.

Sonio asintió, y estiró el papel hacia William.

-Dios, que belleza-susurró William mirando el
retrato de la niña. ¿Quién eres realmente?

-Soy un Misterio-sonrió el joven. No puedo
recordar nada de mi pasado, pero de lo que
estoy seguro, es que nunca he sido tan feliz en
mi vida.

-También estoy muy contento contigo-susurró
William fijando su mirada en los cálidos ojos del
hombre. *"Debo estar loco, pero siento algo
extraño e incomprensible por este hombre"*

-Creo que será mejor irnos-comentó Liam
incapaz de sostener la mirada.

-Sí, está oscureciendo-asintió William
rápidamente.

Como todas las noches, el dueño de casa se sentó frente a la estufa leña y dejó que sus pensamientos fluyeran con libertad.

-*No puedo engañarme más, me gusta el tipo. ¡Pero es un hombre!*-gimió. *¿Será que estoy enloqueciendo con tanto encierro?*-se preguntaba sin saber que en la habitación contigua, su huésped no podía dormir pensando en los fuertes sentimientos que estaba comenzando a albergar por su protector. *Debo tener cuidado, ¿qué tal si está casado o tiene hijos? Pero algo me dice que no es así, y que también le gusto* –resolvió William cerrando los ojos hipnotizado por el suave crepitar del fuego.

-Buenos días -saludó Liam entre medio de un bostezo. Parece que el tiempo está mejorando.

-¡Que temprano, recién van a ser la seis! –acotó William sorprendido.

-Si molesto, puedo regresar a mi habitación.

-Claro que no, solamente me pillaste desprevenido.

-Sabes que lo que menos deseo es perturbar tu rutina-insistió Liam.

-Al contrario, por suerte tengo conexión, pensaba que podrías mirar rato a Sonia así aprovecho a trabajar. La escuela no comenzará hasta que el mal tiempo no acabe y no sé si Sonia retomará este año .Veremos cuando llegue el momento.

-Será un placer .Y si me permites, pensaba invitar a tu hija a recorrer los alrededores. Creo que bien abrigada sería muy favorable salir un poco.

 -Buena idea. Es toda tuya-sonrió William. Pensando en que como su hija se había apegado al misterioso visitante.

-¿Te gusta la idea, Sonia?-preguntó Liam al niña que miraba unos dibujitos por televisión.

-Pobre, quizá quiera aprovechar a mirar la tele. No sabemos cuánto puede durar la luz-acotó Liam buscando el chaquetón e piel que le había regalado William.

En ese momento, Sonia apago el aparato y tomó su ropa de abrigo. Enseguida camino hacia Liam y lo tomo de la mano.

-Todo dicho-sonrió el joven.

-No quiero ser egoísta, pero a veces quisiera que no recordaras nunca más quien eres. Sonia mejoró muchísimo desde que llegaste .Temo nos desconozcas si eso sucede.

-Pase lo que pase, te prometo que jamás los olvidaré-prometió Liam. Vamos Sonia antes que el frio aumente.

Habían caminado unos metros cuando la niña se soltó de la mano de su protector y corrió hacia una piedra que parecía estar cubierta de nieve.

-Sonia, no te separes de mí. Puede ser muy peligroso.

Sonriendo, la niña se inclinó y tomó lo que parecía ser una bola peluda entre sus manos acurrucándola cariñosamente contra su pecho.

-Es un perrito perdido, ¿crees que tu padre te dejará cuidarlo?

La niña levantó sus hombros y tomándose nuevamente de la mano de su amigo lo arrastró hasta la casa.

-Entiendo, estás ansiosa por mostrárselo a tu papá .Vamos entonces, cruzaré los dedos para que todo salga bien y deje que se quede. Como ocurrió conmigo-bromeó.

-Hola, chicos. Se cortó otra vez Internet – anunció William al verlos entrar, Pero ¿qué traen allí?

Sonia mostró el cachorro a su padre y corrió hacia la cocina comenzando a revolver la heladera.

- Imagino que deseas quedarte con él. Pero tendrá que encargarte de ese pequeño-fingió rezongar el hombre.

-Yo la ayudaré-asintió Liam.

-¿Y cómo se llamará? ¿Misterio II?-carcajeó William tomando al cachorro entre sus manos.

 -No, Oliver-respondió la niña. Como mi perro favorito.

William sintió que sus ojos se llenaban de lágrimas, e inmediatamente abrazó a su hija. Gracias, Misterio ¿O deberá llamarte Milagro?-susurró al hombre dirigiéndose a Liam.

-Tú eres el milagro, me recibiste, alimentaste, y protegiste sin saber quién soy. ¡Incluso dejaste en mis manos a tu maravillosa hija! ¿Acaso puede haber más milagro qué ese?-susurró Liam sintiendo que por primera vez después de mucho tiempo, las lágrimas comenzaban a rodar por su rostro.

<u>Capítulo III</u>

William se sentó en su mecedora frente a la estufa a leña, y cerró los ojos. Había desarrollado un especial placer en escuchar el crepitar de los leños, y en especial, el seductor baile que las llamas le ofrecían.

Un poco avergonzado recordaba las palabras de Liam quien había hablado de "milagro", sin saber, que silenciosamente, William había investigado por comisarías locales e Internet algún dato del joven que pudiera poner en peligro a su familia.

-Pero tenía que hacerlo, es cierto que solo tenía su foto, demasiado poco para encontrar algo certero. Pero por lo menos, comprobé que no está requerido ni aquí, ni en ningún otro Estado. Por otro lado, hacía semanas que la familia de Liam había abandonado su búsqueda, al no conseguir ningún dato que indicara que su hijo seguía vivo.

-No podemos continuar una búsqueda que no nos llevará a ningún lado. Es hora de aceptar que nuestro querido y loco Liam dejó esta e mundo ¡Si hubiera ido yo ese maldito día!- rompió Lucke en llanto en la última reunión familiar.

-Ya no te castigues, tenemos el destino marcado-intentaba consolarlo su esposa una y otra vez.

William interrumpió sus pensamientos al escuchar las suaves pisadas que se acercaban lentamente.

-Misterio, me asustaste. Pensé que estaban todos durmiendo.

-Lo lamento, no era mi intención-se disculpó el hombre.

-Está bien, dime, ¿ocurre alguna cosa?

– En realidad, no podía conciliar el sueño. Me pareció escudarte y pensé que podrá hacerte un rato de compañía –afirmó acercándose al somnoliento hombre.

- Allí tienes otra mecedora.

-Gracias-asintió. Sonia se durmió junto al pequeño Oliver, quien por cierto crece a ritmo agigantado.

-Así exporto tendré que comprarles una cama más grande-sonrió William. He estado pensando si Oliver no es lobo.

-También lo creo, pero de cualquier forma, se llevan muy bien, él adora a la niña.

-Ojalá siga así. Sería terrible otra pérdida para mi hija.

-Habrá que esperar que crezca -afirmó Liam fijando su mirada en el fuego.

-¿No has recordado nada de tu vida anterior?- preguntó el hombre clavando sus grises ojos en el rostro de su acompañante.

-No-sonrió Liam .Y he dejado de intentarlo. Me he encariñado con ustedes y no quiero dejarlos. Con seguridad, si tengo familia ya ha reconstruido su vida sin mí. Y estoy seguro, que tú has investigado sobre mi extraña aparición.

-Es verdad. Te pido disculpas, pero temía por Sonia-asintió William mordiéndose los labios.

-Hiciste lo correcto e imagino que no encontraste ningún dato que indicara que soy una persona peligrosa.

-Eres realmente una incógnita. Estaba pensando que tendrías que buscar la forma de obtener algún tipo de documentación, por si quieres marchar o, sencillamente precisas ir a un Hospital, o cualquier trámite importante. Misterio no es un nombre serio-rió William.

-Pensaba quedarme con ustedes, salvo que estés cansado de mi presencia. En cuanto al Hospital, todos me conocen en el pueblo y a ti también, seguro me atenderán si llegara el caso.

-No pienso echarte a ningún lado, es más temo que desees irte. Incluso, he dejado de lado mis averiguaciones sobre ti. Debo confesar que cuando enciendo Internet temo encontrar tu foto y alguna persona reclamándote.

-Jamás voy a dejarlos, ¿cómo tengo que decírtelo?-suplicó Liam observando a William con sus pupilas brillando por la emoción y el fuego.

-Creo que necesito pruebas más contundentes, alguna forma de asegurarte que no nos vas a olvidar-titubeó William tomando la mano del joven. Sé que es una locura, una barbaridad, pero lo he pensado desde hace varios meses y siento algo especial al mirarte, al verte jugar con mi hija…

-Agradecimiento, pero estás equivocado, yo soy quien debería…

Liam no pudo terminar la frase, al percibir los ardientes labios de William sobre los suyos.

-Oh, no es mucho más que agradecimiento .Creo que me estoy enamorando de ti.

-Sin duda, deliras. Tuviste esposa, ¿recuerdas?-lo empujó Liam con suavidad.

-Por supuesto que recuerdo a mi querida Lorna.Y siempre vivirá en mi corazón, y en el de mi adorada hija. Jamás pensé en volver a amar pero no puedo seguir mintiéndome: Tengo importantes sentimientos por ti. Y según creo, no te soy indiferente

-Deberías salir más, yo puedo quedarme con
Sonia mientras te diviertes un poco. Has estado
demasiado solo y encerrado, eso no es bueno
para un hombre joven y viril –carraspeó Liam
parándose. Será mejor que me vaya acostar.
-También eres un hombre joven y atractivo-
sugirió William.
-Es diferente, yo. Disculpa, pero tengo sueño.
-Todavía no me respondiste -gimió el hombre
sosteniendo la mano de Liam entre las suyas.
Dime que no sientes lo mismo que yo y jamás
volveré a molestarte.
-William, yo….también siento algo extraño por ti,
pero no comprendo que puede ser. Y temo
estropear todo si no funciona, quiero mucho a tu
hija.
-Shhh.Déjala fuera de esto-susurró William
volviendo a besar al hombre con ternura y
deseo.

Liam intentó apartarse una vez más, pero comprendió que será imposible, sencillamente porque no quería alejarse del hombre. Aprovechando ese momento de duda. William desató la bata de su casi amante, y comenzó a acariciarlo. Segundos después, los hombres cayeron sobre la mullida alfombra, y entre gemidos y caricias, concretaron ese inquietante sentimiento que estaba naciendo entre ellos.

-Oh, William, te amo-gimió Liam sintiendo que su sangre corría aceleradamente.

-También yo-afirmó el hombre en el momento culmine del momento amoroso. Y no quiero que te vayas-insisto mezclando su rostro en el transpirado cabello de su amante.

-Entonces, no lo haré-susurró este apretándose contra el cuerpo de William.

El tenue sol golpeaba la ventana cuando William abrió los ojos, y observó a su amado durmiendo a un costado.

-Misterio, querido, debes ir a tu habitación Muy pronto Sonia despertara y no me gustaría que nos encontrara desnudos.

-Menos mal que te despertaste,-exclamó el joven tomando su bata. Siento mucho lo sucedido.

-¿Lo sientes? Pues yo no-sonrió el hombre besándolo fugazmente. Abrígate, estás congelado-acotó cubriéndolo con una manta.

-No estás haciendo mucho para que regrese a mi habitación –carcajeó Liam sintiendo que el deseo volvía a despertarse.

-Tenemos unos minutos todavía. Sonia nunca despertó antes de las ocho. Y son las siete, cualquier cosa le diremos que hicimos un pijama party.

-No menosprecies la inteligencia de tu hija-indicó Liam sin hacer ademán de levantarse.

Sonia se mantenía silenciosa ante el afecto que parecía haber surgido entre su padre y Misterio. Por el contrario, rápidamente se unió a ellos, como comprendiendo que algo había cambiado entre los hombres.

-Hija, levántate de una vez. Quiero ir hasta la ciudad a comprar víveres para toda la semana. Debemos aprovechar que está despejado-gritó William ese sábado de mañana.

-¿Misterio irá con nosotros?-preguntó sentándose frente a su taza de leche.

-No, se quedará cortando leña. Falta poco para la primavera pero el clima está muy loco.

-Está bien, me iré a vestir -asintió la niña terminando rápidamente su desayuno.

 -De acuerdo, yo mientras atenderé el teléfono. Hace rato que suena.

 -Si, pa-sonrió la chica corriendo hacia su habitación.

-Buenos días-carraspeó William levantando el tubo.

-Hijo, ¿cómo están? ¡Hace tiempo no sé nada de ustedes! Y Sonia, ¿sigue progresando ¿Cómo marcha en su primer año escolar?

-¡Mamá! Cuántas preguntas juntas, pero todo está perfectamente Y tu nieta ha trasformado en una lora parlanchina.

-¿Cuándo regresarán a casa? Pensé que solo vivirían allí hasta que la niña mejorara.

-Mama, ya lo hablamos .Esta es nuestra casa ahora. Controlaré la empresa desde la oficina que abriré en Austin, y solo haré visitas esporádicas-agregó sin mencionar que pensaba vender su parte del negocio y abrir un comercio local. *"Y Misterio trabajará conmigo. Pero debo tener paciencia, lo primero es convencerlo de que debe obtener sus nuevos documentos"*

-Karen te vio en un súper mercado con Sonia y ese joven que vive con ustedes. Dijo que parecían una familia feliz-afirmó la mujer cortante.

-Me lo insinuó cuando estuvo por aquí de visita, ella y...Misterio hicieron buenas migas.

-¿Misterio? Extraño nombre-musitó la mujer.

 -Ya hablaremos personalmente –insistió el hombre conteniendo el mal humor que comenzaba a dominarlo.

-Sé que has estado demasiado solo, pero por favor hijo, ¿Qué está sucediendo?

-Nada importante…o quizá sí. Pero no deseo hablar de eso ahora.

-Karen estaba contenta, dijo que percibió un brillo especial en tu mirada, como cuando…mirabas a su hermana.

-Mamá, por favor. Estaba pensando en invitarlos para que lo conozcan. Verán que es un joven maravilloso. Y Sonia lo adora.

-Ten cuidado hijo, ya has sufrido demasiado. Lo único que deseo es tu felicidad, no me importa con quien. Y ese joven, por lo que me he enterado…es realmente un misterio.

-Deja de preocuparte .Debo cortar, Sonia está aquí y debemos hacer las compras.

-De acuerdo, ponla un minuto en el teléfono.

-Con gusto-carraspeó William .Pero no la entretengas demasiado.

-Tal vez podamos ir un fin de semana largo- agregó Angela.

-Los estaré esperando. Aquí llegó tu nieta-indicó aprovechando para dejar la conversación.

Sonia ayudaba a cargar las mercaderías en la camioneta, cuando la Señora Rubinstein, una de las principales figuras del pueblo, se detuvo a saludarlos.

-Señor Keith, ¡qué casualidad! Cuánto tiempo sin verlo por aquí.

-Buenos días. Seguro no coincidimos, casi todos los sábados venimos a esta tienda –respondió este amablemente sin dejar de acomodar los víveres.

-También yo-añadió. Hola, Sonia. Has crecido mucho este último invierno-agregó la mujer con una falsa sonrisa.

-Gracias-asintió a la chica entrando al auto para acomodar lo que faltaba.

-Raro no está su empleado ayudándolo.

-Si se refiere al joven que vive conmigo, no es mi empleado. Es un amigo al que quiero mucho.

- Eso se nota-carcajeó la mujer.

-¿Perdón? Me gustará que aclare sus palabras- la desafío William mirándola fijo.

-Me refiero a la felicidad que demuestran
cuando están juntos. Los he visto caminar por el
bosque. Y sin duda, irradian mucha luz.
-Exacto, no como algunas viejas amargadas que
lo único que hacen es fisgonear en la vida de los
demás. Ahora, ¿desea decirme algo en
particular? Tengo que terminar de llevar mis
cosas para comenzar a ordenarlas Mi amigo
quedó solo, y puede precisar ayuda-añadió
ignorando la contenida carcajada de su hija.
-No, ya me iba. Tengo mucho que hacer
todavía-enrojeció la mujer. Pero tenga cuidado,
la gente habla.
-¿La gente, o las víboras ponzoñosas como
usted?
 -No le permito, joven-gritó la mujer haciéndose
la ofendida.
 -Entonces váyase, y no se acerque nunca más
a mi familia. O le arrancaré la lengua. ¡Conozco
a las personas como usted!
-Está totalmente loco-huyó la mujer.
-Nos vamos, hija, ¿o prefieres comprar unas
hamburguesas antes de regresar a casa?

-Me gusta la idea de la hamburguesa. Y podríamos llevarle una para Misterio. Y para Oliver.

 -Por supuesto, ¿quieres mucho a Misterio, verdad?

 -Así es, y me pregunto cuando se casarán.

-¡Qué dices, hija! Quise mucho a tu mamá.

-Lo sé, papá, pero estás muy solo. Y ustedes se llevan muy bien. Los he observado juntos.

-Uf, como la Señora Rubinstein.

-Ja, ja. Algún día yo me iré, y estoy seguro de que él te cuidará bien. Claro que antes debe cambiarse el nombre, no conozco a nadie llamado Misterio.

-Espero que falte mucho para eso, ¡no sé qué haría sin ti! Pero, está bien, Hija. Descubriste mi secreto, quiero mucho a Misterio y él a mí.

-No es ningún secreto, veo películas de amor y conozco los síntomas.

-¿Cuándo miras esa clase de películas, traviesa? Eres muy pequeña todavía.

-Ay, papá, en los recreos. Las chicas de tercero las descargan en sus celulares y las miramos juntas.

-Tendré que hablar con la maestra. A tu edad, yo miraba solo dibujitos-rezongó el hombre.

-Vamos por la hamburguesa-susurró Sonia sentándose en el coche.

-Dime, querida-carraspeó más tarde. ¿No te importa que me guste Misterio? Es un hombre, surgirán problemas, quizá tengamos que mudarnos a la ciudad.

-No digas pavadas, allí está la hamburguesería -exclamó la niña señalando los grandes carteles del negocio.

-Como diga, jovencita. Vamos entonces. "Es solo una niña, aunque se quiera hacer al más grande"-sonrió William mientras su hija miraba con atención los escaparates de juguetes. William terminaba de pagar, cuando un profundo aroma a perfume pareció rodearlos.

-Querido amigo, ¿en realidad eres tú? –peguntó la hermosa mujer. Y esta maravillosa niña debe ser Sonia.

-Así es –enrojeció el hombre pensando en lo difícil que se estaba poniendo ese día. Querida, te presento a mi amiga Serena.

-Mucho gusto-bostezó Sonia.

-Tu padre me habló mucho de ti, y se quedó corto al describirte-susurró la mujer corriéndose el oscuro cabello de los ojos.

-¿Vamos, papá? Me duele el estómago.

-Claro, hija. Debo marchar - se excusó William asombrado por el comportamiento de su hija.

-Comprendo. Quizá un día podamos salir los tres juntos, me encantan los niños-dramatizó la mujer.

-Te espero en el auto-acotó Sonia marchándose.

-Se debe sentir muy mal, no suele ser tan díscola-se disculpó el hombre.

-No te preocupes-comprendo-asintió Serena haciendo un gesto que creía simpático.

Llámame en cuanto puedas quedaron cosas por conversar.

-PAPÁ, vamos. ¡Se enfriarán las hamburguesas!

-Ve, no la hagas esperar. Parece que le dará algo.

-Debe sentirse muy mal -acotó William levantando los hombros. Te llamo pronto-asintió pensando donde habría guardado el número.

-Yo lo haré, por si te olvidas-grito Serena como leyendo la mente del hombre. *"Niña mal educada, te hacen falta unos buenos tirones de orejas"-refunfuñó la mujer.*

-Dime, cariño, ¿Qué bicho te picó? ¡Nunca te comportas de esa forma!

-El aroma del perfume de Serena me hizo sentir mal, más bien, toda esa mujer me descompuso .Es repugnante, ¿Cómo pudiste tener tan mal gusto?

-No sé a qué te refieres-insinuó William.

-Papá por favor…

-¿Cómo supiste que ella y yo…?

-Te lo dije, tengo experiencia. Y esa estúpida está loca por ti.

-Salimos solo dos veces y ella pensó que me había enamorado. Fue antes de que comprendiera que...amo a Misterio.

-Quédate tranquilo, no pediré nada .Sé guardar un secreto.

-Gracias, hija. De cualquier forma se lo comentaré en cuanto se presente la oportunidad.

-Haces bien .Las personas que se aman deben ser muy honestas entre sí.

-Vaya, creo que podrías darme clase en cuestiones amorosa. Sin duda, esas novelas son muy instructivas en ese tipo de vínculo.

-Lo intentaré en mis horas libres. Te cobraré barato-asintió comenzando a morder una hamburguesa.

-Al fin llegan -exclamó Liam dirigiéndose velozmente hacia el coche. Pensé que les había ocurrido algo.

-Se adelantó Halloween, por eso nos demoramos —respondió la niña besando a Oliver que saltaba alrededor contento de verla.

-No comprendo-susurró Liam.

-Ayúdeme, mientras guardamos las cosas te lo contaré-afirmó William frunciendo la nariz.

<u>Capítulo IV</u>

-¿A qué se refería Sonia con eso de Halloween?
-Se nos cruzaron dos mujeres poco gratas. O
por lo menos una. La Señora Rubinstein, no sé
si la recordarás...
-Oh, sí, esa que está al lado del cura día y
noche.

-Si. Y otra joven llamada Serena. Esa persona no es mala, solo que antes de comprender que te amaba, salí con ella y le hice ilusiones- confesó William.

-¿Hasta donde llegaron?-preguntó Liam entrecerrando los ojos.

 -Comimos juntos, algunos besos. Nada más.

- No veo nada de malo. Estabas solo, y supongo que ella también.

-Así es. La conocí casualmente en una clínica oftalmológica particular y simpatizamos. Pensé que podría intentarlo, pero luego….me di cuenta de que te amaba. Y con la excusa de que Sonia me precisaba, terminamos la relación. Por supuesto no quedó muy conforme, pero finalmente lo aceptó.

-Una muy buena excusa-sonrió Liam dando por finalizada la plática al escuchar alguien que parecía llorar. ¿Y esos gritos?

-¡Es Sonia!-exclamó William dirigiéndose a la puerta. ¿Hija, qué te pasa?

-Papá, Misterio, Oliver se fue hacia las montañas Comenzó a aullar y salió corriendo. Por más que lo llamé, no hizo caso -exclamó la niña llorando copiosamente.

-Oh, querida. Sospecho que Oliver no es un perro común-confesó su padre-

-¿A qué te refieres?-tartamudeó la niña.

-Es una especie de lobo. Estuve observando su conducta, y luego busque en Internet. Seguro escuchó el llamado de alguna novia y fue tras ella.

-¡Pero yo lo quiero mucho!-gimió la niña.

-Y él también, pero es su familia que vino a buscarlo. Debes comprenderlo. Tal vez sea lo mejor, quien sabe que podría suceder más adelante.

-No comprendo-dijo la niña.

- Comerse las ovejas o las gallinas de los vecinos. Eso sería terrible, podrían hasta asesinarlo por ese motivo.

-¿Regresará?-insistió ignorando la respuesta.

-No lo sé, habrá que esperar.

-¿Te irás también si viene tu familia a buscarte?-
preguntó la niña a Misterio minutos después.
-Ustedes son mi familia, te prometo que jamás
me iré voluntariamente -susurró agachándose a
la altura de Sonia.
-Bueno, bueno. También soy de la familia, por si
lo olvidaron-tosió William. Y la perra de la
Señora Maurin está por tener cachorros en
pocas semanas. Tal vez quieras adoptar uno o
dos si Oliver no regresa.
-Lo pensaré-asintió la niña con madurez poco
común. No se sustituye a alguien que amas con
tanta facilidad. Tú más que nadie deberías
saberlo, papá.
-Tienes razón, hija. Eres maravillosa.
-Iré un rato a jugar fuera. Tal vez Oliver regrese.
-No te alejes demasiado. Los lobos pueden
estar cerca, y no son amigables como Oliver. ¿Y
tú que miras?-rezongó William observando la
tenue sonrisa de su amante.
-Pensaba, cómo pudiste tener una hija tan
encantadora.

-A veces quisiera matarte-exclamó William tirándole con una banana.

-Pero no puedes, porque me amas. ¿Quién te hará esas cosas chanchas que tanto te gustan?-agregó bajando la voz.

-Oh, Dios, eres un pervertido-gritó William sacudiendo la cabeza. Te aviso que llamó mamá y quiere conocerte. Espero que te comportes delante de mis padres.

-Lo sé-asintió este.

-¿Cómo te enteraste? No me dio tiempo de comentártelo.

-Llamo al teléfono de línea apenas te fuiste. Charlamos largo rato, hasta intercambios recetas.

-No puedo creerlo-susurró William rodando los ojos.

Sonia pasó todo el día alerta con la esperanza de que su amado Oliver regresara. Cada ruido, cada golpe, la hacía sonreír creyendo que su amigo estaba de vuelta.

-Pobre Oliver, con este frío, allí afuera-comentó esa noche jugando con su tenedor. ¡Tan solo, en esa oscuridad!

-No está solo, su familia lo acompaña-agregó Liam.

-Nosotros somos su familia-retrucó la niña. Y no voy a comer, esta comida no me gusta.

-Pero siempre te encantaron los espaguetis con bastante queso rallado-insistió William.

-Pues hoy no los quiero-rezongó corriendo el plato. Me voy a la cama.

-Si lo terminas, te contaré un lindo cuento-añadió Liam.

- ¿Sobre qué? –preguntó la niña mi interesada.

-Sobre lobos, si te parece.

 -De acuerdo, terminaré mi comida-sonrió más animada...

 -Así me gusta-sonrió William agradeciendo a su amante con la mirada.

Liam estaba narrando a la historia a la niña, deteniéndole   al escuchar los golpes sobre la puerta.

-¿Quién será con este frio?-balbuceó mirando por la ventana.

-¡Debe ser Oliver!-saltó la niña de la cama.

-No creo que Oliver venga en auto. Parece que es George -comentó Liam reconociendo a la vieja camioneta del Padre.

-Iré a ver –agregó la niña corriendo hacia el comedor.

-Acuéstate que hace frio. ¡No se deben escuchar conversaciones ajenas!-rezongó Liam pensando que traería al cura tan tarde.

-Ufffff.Ya no me leas más, me vino sueño. Hasta mañana.

-Descansa, bella-la besó Liam.

-Y no escuches detrás de la puerta-afirmó la niña lanzando un gran bostezo.

-Claro que no-afirmó el joven cruzando los dedos.

-Padre George- escuchó a William en ese momento. ¿Que lo trae por aquí con este frío?

-Me encontraba visitando a un enfermo y recordé que hace tiempo no te veía-tosió el hombre.

-Padre, por favor, nos conocemos bastante, ¿qué ocurre?

-¿Tendrás un café caliente para este pobre viejo?-se aclaró la garganta.

 -Claro, perdone .Tome asiento Y tengo una riquísima torta de miel que hizo Misterio.

-Exclente.Olvidaré mi diabetes por un rato-sonrió.

-Entonces, padre, ¿Qué ha sucedido?-insistió el dueño de casa.

-Seré directo. Hace semanas que no vas por la Iglesia. ¿Acaso te ha ocurrido algo en particular conmigo, o con algún feligrés?

-No, Señor. Simplemente he tenido mucho trabajo. Estoy estudiando el mercado en Austin para abrir una tienda de cosméticos, y trabajar con Misterio. Además de que tenemos que conseguirles nuevos documentos y...

-¿Quieres mucho a ese muchacho, verdad?-preguntó George sorpresivamente.

-Ha sido de gran ayuda, y Sonia lo adora. Es gracias a él que volvió a hablar.

-Eso no contesta a mi pregunta.

-De acuerdo, lo amo Y quiero casarme con él-
afirmó desafiante sin imaginar que Liam estaba
detrás de la puerta escuchando el diálogo.
Imagino que la Señora Rubinstein le llevó el
chisme.

-Es verdad, hace varios días que me tiene harto
hablándome de lo mismo. Tuve que prometerle
que conversaría contigo en cuanto tuvieras un
momento.

-Ahora ya lo sabe, ¿qué piensa hacer?

-Lo tomaré como secreto de confesión-afirmó el
Sacerdote. Sabes que en la Iglesia no
aceptamos el amor entre personas del mismo
sexo.

-Estoy enamorado, y me casaré con Misterio, le
guste o no-vociferó William enfáticamente.

-Déjame terminar. Pese a mi edad, soy un Cura
moderno e idealista, que cree que el amor es
amor. Y así lo predicó nuestro Señor. Pero lo
negaré si sale a colación, soy muy viejo para
empezar en otro trabajado.

-Entonces estará de acuerdo con que siga
adelante-agregó William esperanzado.

-Como si te importara-asintió el hombre.

-Siempre importa la opinión de un buen amigo-insinuó.

-Gracias por lo que me toca. No es eso lo que me preocupa, sino la identidad de tu…amante. ¿Has pensado que sucedería si de un día a otro recobra la memoria y no los conoce? O tiene familia, o no le gustan los hombres… Tienes que saber quién es antes de comprometer tu corazón.

-Ya es un poco tarde para eso, ¿no cree?

-Tienes razón. Rezaré por ti. Y ahora me voy que ya molesté bastante.

-Jamás lo hace. Gracias por preocuparse y por su comprensión.

-Vuelve a la Iglesia, encontraremos la forma de callar a esa bruja. La casa de Dios es la casa de todos, nunca lo olvides. Y dile a Misterio que me prepare alguna de esas exquisiteces para la próxima kermesse.Ah, y que se me rompió un estante. Buenas noches

-Así lo haré. Gracias de nuevo –sonrió William esperando en el porche hasta que el Padre se marchara.

-Tiene razón, quizá actuamos un poco apresurados-comentó Liam saliendo de su escondite.

-Vaya, escuchando pláticas ajenas. Y después le dices a Sonia.

-No intentes cambiar el tema.

-¿Estas arrepentido de amarme?-comentó William con tristeza.

-Jamás. Pero tengo miedo de causarte problemas, ¿Qué tal si soy un delincuente?

-Eres demasiado noble para ser un criminal. Y te amo, quiero seguir con esto contra viento y marea.

-También te amo, los amo. No sé quién soy ni de dónde vengo, pero estoy seguro de que no hay ninguna persona tan importante como ustedes en mi vida anterior. ¡Mi corazón me lo dice, y yo le creo!

-Oh, Misterio, ven aquí-sollozó William tomándolo entre sus brazos.

-Vamos a la cama, es muy tarde-susurró
Misterio acariciando la mejilla de su amnte.
-Es lo mejor que he escuchado en horas-sonrió
William seductoramente.
-*¿Quién soy, porque nadie ha preguntado por mí
en todo este tiempo? Y lo principal, ¿quiénes
son esas personas que a veces aparecen en
mis sueños?*-se preguntaba Liam mirando cómo
se balanceaban las copas de los árboles
creyendo que su amante dormía plácidamente.
-Deja de pensar y vuelve a la cama. Te extraño-
comentó William golpeando el lado vacío.
-Ya voy-sonrió acurrucándose entre los brazos
de su amado. También te extraño.

William se hallaba recorriendo a la ciudad,
cuando escuchó sonar su teléfono.
- Es de la escuela de Sonia-susurró alarmado.
Hola.
-Señor Keith, habla la Directora Susan,
necesitamos que venga con urgencia para
retirar a su hija.

-Pero que pasó, ¿se sintió mal?-preguntó
asustado.

-No-comentó la Directora .Se peleó con otros
chicos en el recreo. Los dos fueron suspendidos
por el resto de la semana.

-¿Cuál fue el motivo de la pelea ?Sonia es una
niña tranquila, nunca actuó de esa forma.

-Lo hablaremos en cuanto llegue...

-Estoy yendo para allí-comentó encendiendo su
auto.

William entró a la Dirección y su mandíbula casi
tocó el suelo al comprobar el magullado rostro
de su hija.

-Querida, ¿Qué sucedió? Imagino que habrá
una buena explicación para entregar a mi hija en
este estado-rugió William desafiando a la mujer.

-Gustavo dijo que eras un puto porque su mamá
le contó que te besabas con un hombre. ¡Hablo
cosas horribles de Misterio y de ti!-sollozó la
niña.

-No debiste escucharlo, la gente habla sin saber.
¡Mira como terminaste!

-No pude soportarlo-llorisqueó la niña.

-Usted debió castigar al otro chico, como Directora no puede permitir que hable mal de la familia de una alumna.

-Entonces reconoce que es cierto. Mantiene una relación con un hombre-afirmó la Directora duramente.

-¿Perdón? No comprendo a que se refiere.

-Mire, Señor Keith .Este es un colegio religioso, y no podemos permitir esta clase de situaciones. La relaciones entre dos hombre no son aceptadas, los padre comenzarán a protestar cuando se enteren la clase de personas que permitimos en esta escuela. ¡Quién sabe qué sucede en su casa!

-En mi cama, querrá decir ¡Ni se imagina los disfrutables que son mis noches! Vivo esperándolas-agregó ante la estupefacta mirada de Sonia.

-Retírese de mi Colegio-ordenó la mujer.

-No es su Colegio, es tan solo una empleada más. Y por cierto muy inepta.

-Si no se va de inmediato, llamaré a la policía.

-No es necesario, nos ha hecho un favor. No quiero que mi hija se crie en un sitio tan intolerante y cruel. Vamos, Sonia. Buscaremos otra Escuela.

-Sí, pa-sonrió la niña siguiendo su padre.

-¡A lo que hemos llegado! Y pensar que parecía un hombre tan serio-vociferó la indignada mujer.

-Lamento haberte causado dificultades-susurró Sonia una vez acomodada en el vehículo. ¡No quise hacerlo!

-Yo soy el que debe pedirte perdón. Estoy tan enamorado de Misterio que perdí el sentido de la realidad. No te preocupes, mañana comenzaremos a buscar otro Colegio en Austin. Con seguridad, en una gran ciudad tienen otra mentalidad.

-¿Y mis amigos?

-Seguirán jugando los fines de semana, es más, en un mes es tu cumpleaños y pensaba darte una linda fiesta. ¡Los invitaremos a todos!

-¿Con un toro mecánico?-preguntó a la niña.

-Con todo lo que quieras-afirmó el hombre. Y será la excusa idea para que tus abuelos nos visiten.

-Te quiero, papito-aplaudió Sonia besándolo.

La niña entró a la casa y fue directamente a la cocina.

-Hola, Misterio-sonrió.

-Hola, querida-saludó el joven sin levantar la mirada del horno. ¿Cómo fue tu día?

-Me expulsaron de la escuela.

--No hagas broma de ese tipo-respondió horrorizado al ver el lastimado rostro. Pero…

-Mientras comemos te cuento todo. Tenías razón, no a todos en este pueblo le simpatiza nuestra relación-acotó William.

-Te lo advertí. Y también el padre George-susurró Liam.

-Saldremos adelante, no dejaremos que no venzan.

-Eso espero-suspiró el hombre.

Frunció Misterio frunciendo la nariz.

-Papa piensa organizarme un súper cumpleaños
con todos mis amigos, ¿qué dices?-comentó la
chica.
-Una idea maravillosa. Ya mismo
comenzaremos a organizarlo.
-Genial –aplaudió la niña. ¡Será de disfraces!
-Como desees, hija, como desees-acotó William
mirando de reojo a su serio compañero. Ahora
ve a lavarte las manos, en un rato cenaremos.
-Si, pa-exclamó la niña.
-Has quedado silencioso, imagino que por lo
sucedido con Sonia. ¡Te prometo que todo
mejorará!-exclamó William deslizando sus
brazos por la cintura de su amante.
-¿Cómo lo sabes?-preguntó este intentando
ocultar su angustia
-Lo presiento. Nuestro amor será más fuerte que
todos los prejuicios.
-Que así sea - asintió Liam conteniendo el
miedo que comenzaba a invadir su corazón.

<u>Capítulo V</u>

 Una semana después del incidente, Sonia comenzó las clases en una moderna Escuela de Austin.

-No se preocupe, Señor Keith. Somos totalmente inclusivos. Sonia estará muy cómoda con nosotros.

-Eso espero-asintió el hombre. Mi pequeña ha pasado demasiado. No soportaría que siga sufriendo por mi causa.

-Amará nuestra Escuela, vaya tranquilo.

-Creeré en sus palabras, de cualquier forma, no tengo otra opción. De todos los Colegios que visitamos, mi pequeña eligió este.

-¿Vio? ¡Los niños no se equivocan!

-Pese a su corta edad, confío en el buen juicio de mi hija. Buenos días- se despidió William sonriendo al ver a su hija conversando con un grupo de niños.

-*"Es tan encantadora como su madre, no puedo dejar de pensar que si yo me hubiera enamorado nuevamente de una mujer nada de esto hubiera sucedido -pensó mirándola por últimas vez antes de irse. Pero las cosas son como son, y lo que importa es la persona. No podía encontrar mejor ser humano que Misterio. Y ahora que me acuerdo, debo seguir averiguando sobe el tema de su documentación"* Liam se encontraba entretenido cortando el pasto, cuando las dos mujeres se detuvieron en la puerta de la casa.

-¿Puedo ayudarlas?-preguntó el hombre frunciendo el ceño al reconocer a la Señora Rubinstein.

-Claro que sí. Marchándote de este sitio donde no haces falta. Viniste misteriosamente del infierno y allí debes regresar, ¿o acaso no comprendes como tu maligna presencia has perturbado a esta pobre familia? Un hombre viudo, con una hija tan encantadora…No sé qué hiciste para enloquecerlo de esa manera.

-¿En verdad quiere saberlo? No se mi atreverá a mostrárselo, es usted asquerosa. No la tocaría ni con una vara.-sonrió Liam.

-Atrevido, degenerado-rugió la mujer sintiendo que su rostro se incendiaba.

-Deje de molestar o llamaré a la policía.

-Ya nos vamos, pero piensa bien lo que estás haciendo. ¿Quién eres, de donde viniste?

-FUERA, ¡AHORA!-gruñó Liam.

-Adiós, pagarás por lo que has hecho -escupió la mujer indicándole a su compañera que la siguiera.

-"*Viejas brujas, frustradas .No pueden ver a la gente feliz. ¿Y si tuviera razón?*-pensó Liam observando cómo estas se marchaban velozmente.*Bah, que saben de la vida*-concluyó retomando su tarea.

William conducía a su casa en busca de unos papeles cuando vio a las conocidas caminando por la calle.

-Espero no hayan ido a molestar a Misterio. Nunca las vi tan temprano por este lado del pueblo-pensó el hombre acelerando al pasar al lado de ellas. Si no fuera preso, las pisaba. Especialmente a la bruja Rubinstein.

-¡BESTIA!-gritó la aludida.

William dejó su vehículo en la puerta y cruzo velozmente el jardín.

-¿Qué habrá sucedido? Misterio había quedado en arreglar todo el césped, y solo cortó la mitad. Veré que ha ocurrido. ¡Querido, aquí estoy!-exclamó animoso.

-Hola –apareció unos minutos después-Me había tirado un rato, me dolía un poco la cabeza-susurró con suavidad.

-Debes ir a un médico, últimamente te ha dolido
bastante-comentó el recién llegado. Y tienes los
ojos rojos, como si hubieras…llorado.
-Deja de imaginar tonterías tonterías, me entró
un pasto. Por eso me detuve-insistió Misterio.
-No te creo - murmuró William cruzando los
brazos sobre su pecho .Pienso que….Rubinstein
y compañía estuvieron por aquí molestándote,
¿me equivoco?
-Nada de eso-enrojeció Liam. Estoy mejor,
continuaré con mi trabajo.
-Creo que di en el clavo, pero esas buenas para
nada me escucharán. ¡Les advertí que no
molestaran a mi familia!-gritó William regresando
a su automóvil
-Querido, espera-exclamó Liam siguiéndolo.
-Vuelve a tu trabajo, amor. Esas mujeres se
arrepentirán de haber puesto un pie en esta
casa.

-No puedo permitir esto. Es verdad, solo le he traído inconvenientes desde que llegué. Pero soy un cobarde, los amo tanto que no puedo dejarlos, ¡no imagino la vida sin ellos!-sollozó el joven tomando nuevamente la podadora para continuar con su trabajo.

-Difícil que esa mujer se encuentre en su casa, debe estar haciendo daño con sus chimentos matutinos.Justito, allí esta-sonrió el hombre deteniéndose bruscamente al divisarla en la puerta de la panadería. Eh, usted-exclamó bajando rápidamente del vehículo.

-Perdón ¿se refiere a mí?-preguntó esta haciéndose la inocente.

-No se haga la tonta, sé que estuvo en mi casa e insultó al hombre que vive conmigo. Vengo a advertirle que no vuelva a cercarse o...

-¿O me golpeará? Estaba fuera de su jardín, la calle es libre -sonrió la mujer soltando el brazo que inconscientemente William apretaba como si tuviera garras. Y será mejor que me suelte o seré yo quien lo denuncie.

-Atrévase. Y le contaré a todo el pueblo como persiguió al ayudante del Padre George, quien tuvo que irse porque no lo dejaba vivir en paz.

-¡Eso es una infamia! - tartamudeó la mujer sintiendo la miradas de todos los presentes.

-Nos hicimos muy amigos en el corto tiempo que estuvo por aquí .Y me dijo que usted lo acosaba, entre otras cosas.

-Pagará por sus patrañas, mentiroso, hijo del Diablo-gritó la mujer exasperada al escuchar las burlas de los vecinos.

-Me contó muchas más cosas sobre usted .Creo que esta gente debería estar enterada para saber quién es realmente Sarah Rubinstein.

-Lo demandaré e irá preso-gritó a la mujer enloquecida.

-Pruebe. Y no diga que no le advertí. Con permiso, tengo cosas que hacer que seguir en estos chismorreos inútiles-afirmó William marchándose.

-Vaya, Sarah, lo tenías bien escondidito. ¡Cuenta, cuenta!-carcajeó otra mujer al ver que William estaba lejos.

-Es un mentiroso, y pagará por esto-gruñó haciendo un gesto de desdén a su presunta amiga.

-Hubieras visto su cara, ¡pensé que iba a reventar!-contaba es anoche William a Liam mientras cenaban. No volverá a molestarnos.

-Yo no estaría tan seguro, esa mujer está loca. Y es muy vengativa.

-Suena el teléfono-comentó Sonia en ese momento. Iré a ver quién es.

-Bien. Mientras ayudaré a Misterio a levantar los platos y a servir el postre-sonrió William.

-Papá, es la abuela-regresó la niña casi enseguida.

-Atiéndela. Yo me encargo de arreglar esto-sonrió el hombre. Y luego hablamos del empleo que me ofreció el Señor Francis en su leñera. ¡Por fin alguien a quien no le interesa mi documentación!-explicó Misterio. Veo la mano del Padre George en esto.

-Ya regreso-sonrió William. Mamá, ¿ha sucedido algo?

-Hola, Hijo quería saber cómo seguían.

-Hablamos la semana pasada, ¿pasa algo con papá? Te oigo extraña.

-Estamos perfectamente, seré directa. Me llamó una Señora Rubinstein muy preocupada. Dice que te quiere mucho y sufre por la forma que has encarado tu vida. Me insinuó que habían sacado a Sonia de la escuela porque pensabas casarte con el hombre que vive contigo y en la Escuela no permitían a ese tipo de relación.

-Mamá, me llama la atención. Nunca fuiste amiga de los chusmeríos.Y no es mi amiga, es una víbora que se dedica a destruir la felicidad de los demás, ni siquiera tengo claro cómo consiguió tu teléfono. Cambié a Sonia de escuela porque la que iba era un foco de intolerancia y falta de respeto. En cuanto a Misterio, lo amo y estamos haciendo los trámites para conseguir su documentación. Quiero casarme con él.

-Hijo te has vuelto loco, escucha lo que dices...siempre te gustaron las mujeres, piensa en tu hija. Por lo que conversamos parece un joven encantador, pero no imaginé que fuera para tanto.

-Sarah lo adora, y si no tienes nada más que decir, recuerda que el domingo es el cumpleaños de Sarah. Me gustará que vinieran con papá, será una buena oportunidad para conocer a Misterio. Y la casa en que vivimos...

-Intentaremos ir-acotó la mujer cabizbaja. Algo más.

-Dime, tengo que cortar.

-Esa tal Rubinstein amenazó con llamar a Servicios Sociales. Dice que...Misterio toquetea mucho a tu hija.

-¿Y ella como lo sabe? ¡No puede llamar a Servicios Sociales! ¡Es una acusación ridícula!

-Quería que lo supieras. Cuídate, hijo. ¡Por favor! Ah, encontró nuestro número en un vieja guía. Parece que no hay demasiados Keith en el Estado

"O llamó uno por uno". Adiós, mamá .Hasta el domingo.

-¿Qué es eso de que "intentaremos ir" al cumpleaños de mi única nieta? Pues claro que iremos, por lo menos yo. Tú actúa como gustes -rugió Jeff. Y quiero que sepas una cosa-advirtió el hombre señalando a su esposa con el dedo índice. Si mi hijo es feliz con ese hombre no me opondré. Y espero que tú tampoco lo hagas. Iré a leer un rato.

-Querido, debes escudarme-rogó Angela.

-Me niego a seguir hablando del mismo tema. No quiero pensar que estuve engañado sobre ti durante…cuarenta años.

-Está bien, está bien. Comprendí el mensaje. Iré elegir un lindo regalo para Sonia-aceptó Angela sin hacer más comentarios.

William intentó borrar la molesta conversación de su mente, y se acercó a su prometido para averiguar más acerca del empleo que este comenzaría próximamente.

-Bien, cuéntame sobre la leñera. Cuando comienzas, y cuanto te pagará Francis -tosió William sacándole importancia a la conversación con su madre.

-No finjas, escuche todo lo hablaron. La Señora Rubinstein quiere denunciarnos.

-Es una vieja idiota-rugió William. Y no cometerá tal estupidez, sabe que no lograría nada .El matrimonio entre personas del mismo sexo está permitido, en la mayoría de los Estados, y este es uno de ellos. Así que tendrá que calmarse.

-Te he traído demasiadas contrariedades. Tal vez será mejor que me mudara a la caña que el Señor Francis tiene junto al aserradero.

-Pensé que eras de los que no se daban por vencido tan fácilmente -susurró William con angustia.

-Estoy contigo - acotó Liam. ¡Pero siento que solo he llegado para complicarte la vida!

-No sabes lo que dices, Sonia volvió a hablar gracias a ti.

-No lo sé, tal vez sencillamente fue una coincidencia.

-¿Escuché una pelea?- titubeó la niña. Sentí los gritos y tuve que dejar de leer.

-No, hija. Le estaba pidiendo a Misterio que se casara conmigo. ¿Tú qué opinas?

-¿Será mi padre?-sonrió Sonia saltando a los brazos de William.

El día del cumpleaños llegó y Sonia no podía más de felicidad. Habían invitado a todos sus amiguitos del pueblo, ya que todavía no conocía bien a sus compañeros del nuevo Colegio y había preferido no invitar a unos sí y otros no.

-Los de aquí serán más de veinte, con eso es suficiente –sonreía mientras Misterio le acomodaba un broche en su claro cabello.

-Sin duda se divertirán mucho. Todavía faltan dos horas, pero en cualquier momento vendrá el Toro Mecánico. Tú papá le pidió que viniera antes de la hora de comienzo para jugar también nosotros un rato.

-¿No hay nadie en esta casa? Caramba, no se para que invitan si luego se esconden.

-¡Abuelos!-gritó la niña. ¡Al fin!

-No conseguimos pasaje en el vuelo anterior,
pero habíamos decidido venir caminando si no
conseguíamos pasaje.

-¿La abuela?-titubeó mirando por encima del
hombro del recién llegado.

-Angela está con tu papá, pero tu otra abuela no
pudo venir, está recién operada. Vendrá más
adelante.

-Lo sé, y la tía Karen está cuidándola .Ya iremos
a visitarla cuando papá y Misterio se casen-
agregó con naturalidad.

-Creo que estará muy contento de verlos-
carraspeó el hombre haciendo una guiñada a
Misterio. Ve a saludar a tu abuela y que te
entregue tus regalos. Espero que te gusten.

--Vuelvo enseguida –corrió la niña
entusiasmada.

-Así que tú eres el famoso Misterio. Disculpa no
te saludé. El entusiasmo de ver a mi bella nieta
me distrajo-sonrió Jeff estirando su mano. Un
gusto conocerte personalmente.

-El gusto es mío, Señor-respondió el hombre
tomando con firmeza la palma del hombre.

-Puedes llamarme Jeff, por lo que escuché parece que muy pronto pasarás a formar parte de la familia.

-Son cosas de la niña, con William somos grandes amigos. Sabes cómo son los chicos- titubeó Liam.

-Los niños y los borrachos siempre dicen la verdad. Mi nieta te ama, así que debes ser buena gente. Y has hecho mucho por mi hijo, sus hijos brillaron al mencionarte cuando entramos.

-No es fácil, veremos cómo sigue la historia.

-Las cosas que valen la pena son las que dan más trabajo obtener. No quiero entrometerme, pero si lo quieres realmente, lucha por ese amor. Escucha a este viejo con experiencia.

-No eres viejo, sesenta y cinco años no son muchos.

-Pero te dan mucha experiencia .En fin, con permiso, quiero ver la cara de mi nieta cuando desenvuelva su oso de peluche.

-Voy enseguida. Y gracias.

-¿Por?-preguntó Jeff deteniéndose.

-Por el apoyo, por la confianza. ¡No imagina lo
bien que me hizo sentir!
-Merecida-sonrió Jeff saliendo de la habitación.

Capítulo VI

Sonia rompió en sollozo, al darse cuenta que
luego de media hora de comenzada la fiesta no
vendrían más que los dos niños presentes.
-Se deben haber olvidado-intentaba consolarla
William.
-No es verdad. ¡No los dejan venir a mi casa,
porque dicen que vivo con dos hombres!-explotó
la niña por primera vez.

-Pues entonces son padres tontos, no saben ni
lo que hacen – rezongó Jeff Deja de llorar y
vamos a jugar al toro con esos dos amiguitos.
Mejor, así lo tenemos para nosotros solos.
-¿Tu subirás al Toro, abuelo? ¡No eres un niño!-
exclamó Sonia olvidando el disgusto.
-Veo que tu padre no te contó que yo era el
mejor jinete de toros de mi época. ¿Ves está
herida en la mano? ¡Fue de una caída sobre un
alambrado! Algún .día te narraré la historia.
-Eso parece una quemadura-murmuró uno de
los invitados frunciendo la nariz.
-Ah, pequeño. No sabes nada de estos temas.
Vamos a montar, yo les enseñaré.
-Menos mal que tu papá distrajo a los chicos.
¡Mira como ríe Sonia!-sugirió Liam.
-Pero esto no va a quedar así, tengo idea de
quién es la culpable -gruñó William tomando la
llave de su camioneta. ¡Esa enferma me oirá!
-Espera, ¿Qué vas hacer?-suplicó Liam.
-Lo que debí hacer desde el principio. Darle a su
merecido a esa vieja cazcarrienta.

-No, hagas locuras, hijo, por favor-sollozó
Angela.

-Sal del camino, mamá, te lo ruego-ordenó el
dueño de casa.

Movido por la rabia, William salió enloquecido a
casa de la Señora Rubinstein que se hallaba el
jardín regando unas plantas.

-¿Qué haremos ahora? ¡Lo único que falta es
que mi hijo vaya preso!-reprochó Angela.

-Llamaré al padre George y le contaré lo
sucedido. Seguro él sabrá que hacer.

-Concédeme un minuto, por favor. Ahora que
estamos solos-rogó Angela

-Dígame, Señora-se detuvo Liam preparándose
para lo que presentía.

-Misterio, sé que amas mucho a mi hijo, pero tal vez sería bueno que te hicieras a un costado para que pudiera continuar con su vida. Estoy segura de que él también te quiere, pero el mundo, y especialmente este pueblo no está preparado para una pareja como ustedes. Por lo menos, si fuera a Nueva York. Peor está empecinado en quedarse aquí, ¡se cree un justiciero!-sollozó la mujer.

-Angela, comprendo el dolor que debe sentir, pero prometí a su hijo y a Sonia quedarme con ellos para siempre .Y no incumpliré mi promesa. Eso, sin contar cuanto los amo.

-Ni siquiera sabes quién eres-gritó la mujer.

-Sé quién soy. Me llamo Misterio, y solo me iré si William me lo pide. Con permiso, debo hacer una llamada urgente.

-Angela, ¿podrías dejar de meterte donde no te llaman y servir un refresco a los chicos? Están sedientos luego de tanto salto-rezongó Jeff que había escuchado parte de la conversación.

¿Qué hubiera sido de nosotros si le hubiera hecho caso a tu padre y terminado nuestro noviazgo? ¡Yo era un pobre zapatero y tú la hija de un bancario!

-¡Era diferente! –lo desafío la mujer.

-No veo la diferencia, yo te amaba y tú a mí. Pero la sociedad no concebía nuestra relación.

-Sabes a que me refiero. ¿Acaso no te importa tu hijo ni tú nieta?-rezongó la mujer.

-Confió en que William encontrará la mejor solución. Ahora, haz lo que te pedí-agregó Jeff regresando con los chicos que lo llamaban a gritos.

-Padre George, suerte lo encuentro. Necesito su ayuda-afirmó Liam. ¡Está a punto de ocurrir una tragedia!

-No comprendo, hoy es el cumpleaños de Sonia. En un rato pensaba pasar a saludarla.

-Se trata de William –comentó. Escuche bien.

William descendió de su camioneta y se dirigió directamente hacia el sitio en que la Señora Rubinstein estaba concentrada regando sus rosas.

-Escucha bien, vieja de mierda, ya que solo te lo diré una vez más-exclamó William arrancándole la manguera de las manos. ¡No vuelvas a meterte con mi familia o las pasarás muy mal!

-¿Te has vuelto loco? ¡Auxilio!-gritó la mujer atrayendo la atención de algunos vecinos.

-Sabes bien de que hablo. Desde que me viste con Liam te has empeñado en hacernos la vida de tirillas. Y no voy a tolerarlo-silabeó amenazante.

-William, detente-gritó en ese momento el padre George. No vale la pena, irás preso, ¿qué será de Sonia entonces?

-Padre, ¿qué hace aquí?-exclamó William sorprendido.

-Vine a pedirte que reacciones y no tomes una decisión de la cual luego te arrepentirás.

 -No lo haría si supiera lo que hizo esta vieja bruja.

-Lo sé, Misterio me llamó. Está muy preocupado por ti.

Apenas escuchar el nombre de su amante, William pareció recobrar el sentido.

-Esta tipa es un engendro del Demonio-susurró William.

-Ustedes lo son, dos pervertidos, degenerados, reteniendo a esa pobre niña condenada a ver sus obscenidades-rugió Sarah. Solo dos niños concurrieron al cumpleaños, por algo será.

-¿Y tú como lo sabes?-preguntó el Padre entrecerrando los ojos.

-Es un decir-tartamudeó la mujer comprendiendo que había metido la pata.

-Tenemos mucho que conversar si quieres regresar a mi Iglesia. Sabes lo que pienso sobre el chismerío.

-Buena tardes. Acabamos de recibir una denuncia de vecinos sobre un ataque en propiedad privada.

-Ese hombre quiso matarme-señaló Sarah histéricamente a William. Los vecinos están de testigos.

-Señor Keith, tendrá que acompañarnos-acotó con tristeza el Agente Policial.

-De acuerdo. Padre George, avise en casa lo sucedido, pero que no se entere Sonia.

-Quédate tranquilo, voy para allí.

-Y usted, Señora Rubinstein recuerde que le avisé: Si la veo cerca de mi casa no tendré piedad.

-¿Escucharon? ¡Volvió a amenazarme!

-Eres cruel, Sarah. Creo que deberé suspenderte definitivamente de tus funciones en la Iglesia.

-Pero, Padre, no tiene motivo, él me atacó.

-¿Crees que no sé por qué se fue mi ayudante?-susurró en voz bien baja. Prácticamente lo acosaste sexualmente.

-Eso no es verdad-afirmó la mujer bajando la voz.

-Él se ofreció a declarar. Y eso hará si tú no vas a retirar la denuncia. ¡El pueblo disfrutará mucho sabiendo quien es la respetable Sarah Rubinstein!-insistió George.

-No se atreverá-rugió la mujer sintiéndose perdida. Durante muchos años, yo he sido un pilar para su Iglesia.

-Si a las veinte horas William no está de regreso en su casa, deberé ubicar a mi querido amigo. Lo siento mucho, Sarah, pero tú me estás obligado a tomar estas medidas.

-Es un pervertido, como ellos-gritó la mujer.

-No mires la paja en el ojo ajeno, si ni siquiera puedes ver la tuya-ironizó el Padre antes de marchar.

-¿Y ustedes que miran?-vociferó la mujer a sus vecinos que se arremolinaban a su alrededor. Veinte en punto, William llegó a su casa. Los dos únicos invitados se habían marchado y su hija estaba sentada junto Misterio en la hamaca del porche.

-Allí llega tu papa-señaló Liam sonriendo.

-¡Papi! –corrió la niña sin titubear. ¡Estaba tan asustada!

-Querida, tuve que hacer un mandado y me demoré. Pero ya estoy aquí-susurró el agotado hombre.

-Recién llegó el Padre George, está con los abuelos-anunció Sonia.

-Bien, lamento haber arruinado tu fiesta de cumpleaños.

-Me divertí mucho con Josué y Mirna-añadió la niña. Y el abuelo Jeff. Algún día debes contarme sus andanzas como jinete de toros. ¡Parece que era muy bueno!

-Oh, sí.Maravilloso, el mejor de su época – carcajeó William acercándose a Liam que se había quedado más atrás.

-Bienvenido. Menos mal que te soltaron-sonrió Liam.

-Ciento lo ocurrido-se excusó William.

-No fue tu culpa, esa mujer es exasperante-sonrió Liam con ojos tristes.

-¡Ni qué lo digas!-concordó William acariciando con un dedo el cabello de su prometido.

-Creo que las cosas no están saliendo como esperamos-afirmó Liam apoyando su frente sobre la de su amado.

-Ahora, no, Misterio, por favor. Estoy muy cansado y debo pensar. ¡Todo lo vivido ha sido…aberrante!

-Perdona-asintió. Pasa, tus padres y George están conversando mientras te esperábamos.

-Casi olvido darte las gracias, y también al Padre George. ¡No sé qué hubiera sido de mí sin ustedes!

-Pasa, amor, sabes que haría todo por ti-agregó Liam besándole la palma de la mano.

William entró y sonrió abiertamente al observar a su familia reunida. Al verlo entrar, el padre George, se levantó de la vieja reposera donde descansaba y lo abrazó.

-Puedes estar seguro que Rubinstein no volverá a molestarte-musitó acercándose al oído de su amigo.

-Gracias, Padre, salvó mi vida-agradeció William.

-Fue Misterio quien me llamó, el pobre estaba desesperado.

-Lo sé. Jamás debí haber ido a lo de la mujer, pero cuando vi llorar a mi hija no pude contenme .Tuve la seguridad absoluta de que ella tenía algo que ver.

-Y no te equivocaste. Ahora olvídalo, tus padres e hija te esperan.-acotó el hombre.

-Hijo mío, ¡que susto nos diste!-lo besó Angela lloriqueando.

-No fue para tanto a ver, ¿quedó torta?-comentó William intentando quitar importancia al suceso.

-Está casi toda, éramos muy pocos-respondió la niña con tristeza.

-Comeré otro pedazo-acotó Jeff. ¡Me encanta el pastel de frutillas!

-Y cortaremos el resto en pequeños trozos y tal vez los puedas llevar mañana a la Escuela para compartir con los compañeros-comentó William.

-¡Buena idea!-aplaudió Sonia.

-Y algún trocito para los niños de la Iglesia…-sugirió George.

-Por supuesto, Padre. ¿Cómo pude ser tan distraído?-asintió William.

-Ya mismo voy a ponerle unas buenas porciones en un bowl-sonrió Liam dirigiéndose a la cocina.

-Con bastantes frutillas, por favor-sonrió George guiñando un ojo. Mejor te acompaño, así elijo bien.

-De acuerdo, Padre-carcajeó Liam.

-Ahora muéstrame los regalos que te dieron-rogó William más tranquilo al comprobar que la alegría había vuelto a los ojos de su hija.

-Sí, ven a mi cuarto–asintió Sonia llevando a su padre hasta el dormitorio.

-Aquí tiene, Padre-comentó Liam al ver a George apoyado contra un placar de la cocina. Espero los chicos la disfruten.

-No lo dudes-asintió el hombre. En realidad quería agradecerte que me hayas avisado lo que estaba pasando, evitaste una desgracia.

- Creí que enloquecería al ver a William tan descontrolado. He pensado que vez debería desaparecer ya esta familia tranquila... Dígame que piensa, por favor.

-Como sacerdote te diría que te marches, las relaciones entre personas del mismo sexo no pueden resultar bien. Como hombre, te aconsejo que si realmente amas a William, no te apresures y mucho menos tomes decisiones en caliente. Conversen tranquilos, y piensen juntos alguna estrategia, quizá este pueblo no sea la mejor opción para vivir.

-William lo ama, está empecinado en quedarse.

-¿Más que a ti? Piénsalo, hijo. Seguramente encontrarán una solución que permita resolver esta encrucijada.

-Gracias, Padre, por su buenos consejos.

-Me voy, todavía no me han enviado un ayudante y tuve que cerrar la parroquia antes de hora para venir hasta aquí.

-Una vez más, gracias por todo- exclamó Liam mientras acompañaba al hombre hasta su coche.

-Para eso están los amigos. Y por cierto, los arreglos que hiciste en la Iglesia han quedado espectaculares.

-Muchas gracias. Sí precisa algo más me avisa.

-Lo tendré en cuenta. Adiós, todos-gritó desde lejos.

-Chauuuuu-gritaron al unísono.

-Si me disculpan, me gustaría ir a la cama .Ha sido un día muy movido-bostezó Jeff mirando el reloj del comedor. ¡Hasta volví a jinetear!

-No recuerdo cuando lo hiciste-balbuceó William ganándose una mirada de odio de su padre.

-Te sigo, querido, estoy agotada –tosió Ángela.

-De acuerdo, irá pegar una mirada al dormitorio que ocuparán durante su estadía en casa-comentó William.

-Aprovecharé para ir al baño-sonrió el abuelo.

-Misterio, quería hacerte un comentario. Ven un minuto por favor-indicó William haciendo un gesto a su amante.

-Aquí me tienes –anunció el hombre casi enseguida.

-Estaba pensado en dejarle a mis padres nuestro cuarto. Es más cómodo que el de invitados.

-No hay problema. Iré a buscar a mis cosas.

-Espera un minuto. Quizá sea mejor que uno de los dos pases la noche en el sillón grande. No sé si les caerá bien que durmamos juntos.

-¿Buscas distancia, William?-preguntó Liam con tristeza. Solo dime la verdad, lo comprendo con todos los pruébelas que estás pasando por mi presencia.

-¡No digas disparates! , mi propuesta de matrimonio sigue en pie. ¡Eres mi vida!-lo abrazó el hombre.

-.En todo caso es tu casa, yo dormiré en el sillón.

-Misterio, por favor, no lo tomes así-suspiró William sosteniendo el brazo de su amante.

 -Por favor, estoy cansado. Y debo armar mi cama-comentó disgustado. No hemos dormido separados desde el comienzo de nuestra relación.

-Entiéndelo, pronto nos casaremos y esto no será necesario-suplicó William.

-Que descanses, Querido-agregó Liam con frialdad.

Sonia paso al baño y se sorprendió al ver a Misterio acostado en el sillón.

-¿Por qué no duermes con papa?-gruñó.

-Preferimos dejar a los abuelos nuestra habitación porque es más cómoda, y a mí no me gusta el cuarto de huéspedes .Dame un beso, querida.

-Es mentira, no soy tonta. Fue por todo lo ocurrido, seguro papá te echa la culpa. Iré a rezongarlo

-¡NO! Deja a tu papá tranquilo que ha quedado muy nervioso. Por favor.

-Está bien, pero solo porque tú me lo pides- sonrió la niña besándolo. Mi cama es bien amplia, tal vez podríamos dormir juntos Hay lugar para los dos -agregó Sonia emocionada por la idea.

-Me encanta el sillón. Y no se vería bien que una niña grande duerma con su futuro padre.

-Tienes razón, que descanses -asintió Sonia marchándose a su dormitorio.

-"*Quizá Angela tenga razón, y su hijo y nieta merezcan otra vida que la que tendrían conmigo. Casarse con un hombre, y todavía sin memoria…sería terrible para William. Deberemos tener una importante conversación cuando los abuelos se vayan .A veces, el amor no es suficiente*"-reflexionó Liam sintiendo que las lágrimas rodaban por su rostro.

Angela besó por última vez a William y sonrió.

-Será tan hermoso que los tres pudieran ir a vivir a Nueva York. ¡Mucho mejor que en este pueblucho prejuicioso!

-Madre, por favor, este es nuestro hogar ahora. Pero iremos de visita.

-De acuerdo, veo que nada te hará cambiar de opinión .Siempre fuiste muy terco. Adiós, Misterio. Me dio gusto conversar contigo.

-Digo lo mismo -asintió el hombre.

-Bueno, gente, los dejamos tranquilos.-sonrió Jeff. No dejen que las palabras vacías de aquellos que no saben cómo vivir su propia vida los perturben.

-Gracias, tendré en cuenta tus consejos asintió William.

-Vamos, Jeff. Están llamando de nuestro avión .Adiós, mi niña-sonrió Angela besando a su nieta por última vez.

-¡Chau, abuelitos!-exclamó Sonia saltando sobre sus pies hasta que los perdió de vista. ¡No olvides que me tendrás que enseñar a montar, abuelo!

-Será lo primero que hagamos al volver a vernos-gritó el hombre.

-Bueno, Reina. Ahora te dejaremos en la escuela-comentó William resistiendo la risa.

 -SIP, los compañeros se pondrán muy contentos cuando vean lo que torta que traje para compartir.

-Primero hablaré con la maestra a ver qué opina .Como se debe-sonrió William.

-Dirá que sí, estoy segura. Aparte, no voy a llevarla de nuevo ¿Qué opinas, Misterio?

-Lo mismo que tú-agregó sin hacer más comentarios.

-Regreso enseguida-anunció William una vez en el Colegio.

-Tómate el tiempo que precises, recién comienzo mi nuevo trabajo a las catorce.

-Llegaremos mucho antes, así tengo toda la tarde para pensar en mi futura tienda -agregó William tomando de la mano a su hija.

-Hasta luego, Misterio-lo besó la niña.

-Pórtate bien-sonrió el hombre.

-Aquí estoy, la maestra no puso objeción en convidar a todos los chicos. Esta escuela es maravillosa. Estuve pensando en algunas cosas que nos beneficiarían muchísimo -comentó William mientras encendía su vehículo.

--Déjame hablar primero, por favor.

-De acuerdo-asintió William al ver el ceñudo rostro de su acompañante.

 -Creo que deberíamos tomar con más calma nuestra relación. Quizá estamos acelerando mucho, y a veces las cosas no son como parecen. Podríamos equivocarnos.

-Escucha, Misterio, este fin de semana me estresó mucho, y no tomé las mejores decisiones. Te pido que me disculpes.

-No fue este fin de semana, hace tiempo venimos con un contratiempo tras otro, necesitamos pensar bien los próximos pasos. Sonia debe ser nuestra prioridad.

-Más bien tú eres el que precisas, no yo-rugió William.

-Yo no te mandé a dormir en el sillón-afirmó Liam.

-Ahora comprendo, quieres castigarme.

-William somos grandes. Sabes que por el momento lo mejor es tomarnos un impasse.

-No lo comparto, pero respetaré tu decisión.

-El Señor Francis tiene una vivida pegada al aserradero, he pensado mudarme hoy mismo. Diremos a Sonia que tengo mucho trabajo, y debo quedarme allí hasta adelantarlo.

-Nunca creerá esa estupidez.

-Podrá visitarme, seguiremos con nuestra amistad, como siempre. Nada deberá cambiar.

-¿En serio piensas que nada cambiará? ¡Ya no vivirás con nosotros!-gimió William.

-Trata de entenderme, por favor. ¡No lo hagas más difícil de lo que ya es!-rogó Misterio. ¡Es por el bien de todos!

-Te agradecería no hables por mí. Haz como desees.

-Bien. Querías decirme algo cuando yo te interrumpí-recordó Misterio entristecido por la facilidad con que su amante había tomado su decisión.

-Nada importante .Tienes razón, será mejor olvidar esta "utopía" que no conducirá a nada bueno.-rugió William ignorando la dolida mirada del hombre que amaba.

<u>Capítulo VII</u>

Liam terminó de realizar la mudanza y se dirigió a la casa de William a devolverle la llave del auto. El hombre le había cedido gentilmente el vehículo para que llevara sus cosas, aunque se negó a ayudarlo.

-Perdóname, tengo cosas que hacer-explicó con frialdad.

 -Entiendo. *"Solo traje amargura a esta familia, maldigo el día en que llegué"*- asintió este sin pedir mayores explicaciones.

-Misterio, dime que son mentiras de papá y no te mudas-gimió la niña apenas verlo ¡Por favor te lo pido!

-Escucha, querida. El Señor Francis me ofreció
un empleo y no puedo rechazarlo. Mi situación
es muy difícil, y es un abuso que continué
viviendo siempre a costillas de tu papá. Mira –
comentó llevándola a la ventana. Allí está la
casa, a solo media cuadra de aquí-insistió Liam.
-Dijiste que no nos dejarías, incluso dormían
juntos en la misma cama como hacen los que se
aman-sollozó la niña.
-A veces las cosas no sucedan como una
quiere, verás que con el tiempo esto queda atrás
y continúas con tu vida. ¡Seremos grandes
amigos!
-No te creo nada, eres un mentiroso. ¡Ya no
seré tu amiga!-gritó la niña corriendo a su
habitación.
-Escúchame, Sonia-suplicó el joven.
-Vete, por favor. Yo la convenceré de que tú
errónea decisión no se modificará. Buena
suerte.
-No quiero dejarla así, sabes que amo a Sonia
como si fuera mi hija.

-Lo hubieras pensado antes. Ahora es tarde-
sentenció William sin mirar a su antiguo amante.

-Adiós, William. Dile que pueda a venir a
visitarme cuando guste, siempre será bien
recibida.

-Se lo diré.

-¿Qué querías que hiciera? ¡Nos estábamos
trasformando en el hazmerreír del pueblo, muy
pronto nadie nos dirigiría la palabra!-gritó Liam
enfurecido.

-Te lo dije, hubieras confiando en mí hasta que
encontrara la mejor forma de resolver la
situación-acotó William.

-¿Y esperar a que te dieras cuenta de tu error y
me abandonaras como a un perro callejero?

William clavó sus oscuros dos azules en los de
su amado, y por un momento, pareció que iba a
responder. Sacudiendo la cabeza, dio media
vuelta y se dirigió al cuarto de su hija.

-. Esto es por ustedes, ¿cómo no lo
comprendes? –sollozó el hombre.

-Adiós, Misterio. Buena suerte-acotó William abriendo la puerta para que Liam se fuera de una vez.

-También para ti-asintió Liam dirigiéndose a la calle.

-"Adiós, amor. Jamás te olvidaré"-entró William secándose los húmedos ojos.

—Me duele la cabeza horrible, tanto nervio ha comenzado a afectarme-pensó Liam mientras intentaba poner su llave en la cerradura de la nueva casa.

-Hora de continuar-resolvió William saliendo a visitar un nuevo local para su próximo emprendimiento. ¿Quién llama ahora? No estoy de humor —rezongó atendiendo el teléfono que había comenzado a sonar...

-Quizá sea el vendedor de la inmobiliaria para avisar que demorará-acotó con seriedad. Buenas tardes.

-William, soy Serena .Me enteré todo lo sucedido y quería decirte que lo lamento mucho. Sé cómo Sonia quería a esa joven que vivía contigo, pero tal vez fue lo mejor.

-Ese joven se llama Misterio. Agradezco tu llamado, pero tengo mucho trabajo. Sin era solo por ese motivo…

-Sabes que ese nombre no existe. Todo en él es una ilusión, que tarde o temprano tenía que terminar.

-Depende de cada uno. ¿Algo más?

 -Quería invitarte a tomar un café, como amigos. Todos precisamos un hombro en el cual apoyarnos, especialmente en momentos como los que tú estás viviendo-agregó Serena.

-Estoy muy ocupado, ya te lo comenté. Te llamo más adelante.

-Puedo salir más temprano del trabajo, tengo horas a favor. Pon la hora y yo acomodo mis horarios.

-Lo lamento, pero no puedo. Gracias por preocuparte-suspiró impaciente.

-¿Negarías una charla a una vieja amiga?-insistió melosa.

-Sabes cómo ser insistente. Elije un lugar, pero sin compromiso "O seguirá insistiendo hasta convencerme" -concedió resignado.

-Por supuesto. Si te parece, a las dieciséis en "Las cuatro estaciones", el bar que fuimos una vez en la Avenida Congreso Sur, no sé si lo recuerdas. ¿Te viene bien?

-Sí, claro –acotó el hombre. En un rato nos vemos. Ahora...

-Sí comprendí, estás muy ocupado-cortó dichosa por el logro conseguido. *"Sin ese Misterio, caerás en mis redes con facilidad. Estoy segura"*

 Cuatro y quince, William entró al bar y recorrió con la mirada todas las mesas hasta ver la mano de Serena meciéndose a lo lejos.

-Lamento haberme demorado. Estaba haciendo unos negocios, y se me complicó. Pero Imagino que eso no te interesa. Bien, aquí me tienes.

-Todo sobre ti me preocupa. Como amiga, claro- añadió enseguida al ver que William torcía la boca en un gesto de enfado.

-Llamaré al mozo así pedimos algo mientras conversamos.

-Un café estará bien –agregó William.

-Que sean dos entonces-sonrió Serena haciendo señas al empleado que parecía esperar el llamado.

-Me gusta este lugar-comentó la mujer intentando cortar el hielo.

-Es muy agradable, pero vamos a lo nuestro-rogó William sintiendo que ya tenía ganas de marchar.

-Con permiso, aquí tienen-se acercó el mozo interrumpiendo la conversación.

-Muchas gracias-asintió William Y bien, comienza de u a vez. Dijiste que precisabas verme.

-Solo quería ofrecerte mi apoyo, como te dije estoy enterada del afecto que Sonia tenia a ese joven. Y puede ser una gran amiga para ella.

-Serena, mi hija tiene muchas amigas. Y estoy yo, su padre, que la adoro. Por otro lado, Misterio sigue en contacto con ella.

-Tal vez no sea buena idea, en cualquier momento ese joven recordará todo y volará de este sitio. Ya viste que no tuvo problema en mudarse cuando se aburrió de ustedes.

-Te pido que no menciones a Misterio, especialmente cuando ignoras lo ocurrió. Si eso es lo que querías decirme, ya lo hiciste, últimamente todos quieren decidir en mi nombre -acotó William buscando al mozo para pagar.

-Escúchame, por favor. Es cierto, jamás dejé de amarte. Y solo quería pedirte una oportunidad. Puedo ser una buena compañera para ti, y una excelente madre para Sonia.

-Seguimos con lo mismo. Mi hija ya tuvo una madre, no precisa otra -silabeó conteniendo su rabia.

-Entonces como te dije antes, puedo ser una gran amiga. ¡Por favor date una oportunidad, y dásela ella de tener una familia normal!

-Serena, no estoy interesado en el amor. ¿Cómo debo decírtelo para que lo comprendas?

- Lo entiendo mejor de lo que crees. Pero probemos, y si no marcha...cada uno por su lado.

-Ya lo intentamos y no resultó, ¿Qué te hace pensar que ahora sería diferente?

-Los dos estamos más maduros, los dos sufrimos.

-No sé qué decir-titubeó el hombre dudando por primera vez.

-Entonces no digas nada. Hazme caso y veamos cómo sigue la historia –insistió aprovechando la incertidumbre de William.

-De acuerdo. Así será –asintió finalmente William. Pero no habrá reproches si no resulta.

-Ni uno -prometió la mujer.

Sonia miraba un programa de televisión en el momento que su padre tomaba las llaves del coche.

-¿Otra vez sales? Seguro vas encontrarte con esa bruja amiga de la tía. Traes su horrible perfume como pegado en tu ropa cada vez que sales.

-Querida, iba a decírtelo, pero no me diste tiempo. Sigues enojada conmigo, por lo de Misterio.

-¿Vas a casarte con ella?-preguntó la niña.

-Con Serena somos buenos amigos-comentó sentándose al lado de la niña. Y estaba pensado que un día podríamos salir los tres juntos, así se conocen y me das tu opinión sobre ella.

-No deseo conocerla. Y tampoco quiero quedarme con la Señorita Ana –rezongó refiriéndose a su niñera. ¡Me voy a casa de Misterio!

-No puedes ir a su casa cada vez que salgo. Recuerda que ya no es mi…pareja.

-Pero sigue siendo mi amigo, y me dijo que fuera cuando quiera. Lo siento, papá, puedes decir a la cuidadora que se vaya. Iré a casa de Misterio-suspiró al escuchar el timbre.

-Eres una niña mal educada. Dije que te quedarías aquí y obedecerás. ¡Basta de berrinches!-gritó William parándose delante de la puerta.

-Eres malo-gimió la chica. ¡Me voy a mi cuarto! Haz como guste, pero será mejor que te vayas acostumbrando. Serena vendrá el sábado a merendar con nosotros. ¡Tengo derecho a ser feliz!

-Pues disfruta tu felicidad, pero sin mí -gritó la niña al salir. ¡Odia a esa gruja!

-Apenas cruzaste una palabra con ella-explicó el hombre intentando calmarse.

-Pues fue suficiente para ver que es una falluta.

-Esta chica me sacará canas verdes-suspiró William dirigiéndose a atender.

-Parece que llegó en mal momento-comentó la niñera al ver a William en la puerta. Desde la calle se escuchan los gritos de Sonia.

-Está muy nerviosa estos días, su amigo Misterio consiguió un empleo y se mudó, eso la afectó muchísimo .Piensa que la abandonó. Y justo comencé a salir con una chica, lo que la puso un poco celosa.

-Comprendo la situación, no olvide todo lo que pasó con su mamá. Y aunque parece muy madura, no deja de ser una niña

-Tienes razón, a veces lo olvido-sopló William intentado tranquilizarse.

- Vaya tranquilo, conversaré con ella y se le pasará.

-Eso me gustaría, pero lo dudo. Por favor, mantenga la puerta con llave, Sonia puede ser muy obstinada. Y tiene en su mente la idea de irse a casa de Misterio.

-No se preocupe de nada. Nosotros nos entendemos muy bien -sonrió la joven.

-Llego a las vientiuna.Cualquier cosa me llama- añadió sin demostrar su incredulidad respecto al juicio de la niñera.

-Si, por supuesto –asintió Ana.

"No sé de dónde sacó esta chica que le va muy bien con Sonia. Pero mejor será que lo crea de ese modo"-pensó el hombre mirando por última vez la ventana del cuarto de su hija.

-Querida, soy Ana ¿Quiere que juguemos en la computadora? –preguntó Ana cortésmente.

-No, me encuentro ocupada.

-Tal vez podamos encargar unas pizzas. Tú padre me dejó el dinero.

-¿Podrías dejar de molestarme? Estoy terminado mi tarea -se asomó Sonia.

-Oh, perdona –susurró Ana acobardada por el mal humor de la chica. *"Sin duda esa mujer que sale con su padre no es de su agrado"* Estaré en el comedor agregó –Ana sentándose frente al televisor.

-Maldición, tengo tres llamadas de Serena perdidas, debe pensar que no voy. La llamaré y pediré disculpas –comentó discando el número de la mujer.

-William, querido, estaba preocupada.

-Tuve un problema con Sonia, pero estoy en viaje. Ya está la niñera con ella.

-Me alegra escuchar eso -acotó con suavidad la mujer. No hay problema, tenla noche recién comienza.

-Gracias, eres muy amable. "Lástima no puede amarte como mereces" Espérame en la puerta.- exhortó saliendo velozmente hacia casa de su invitada.

-"Mocosa mal educada. En cuanto logre casar a William lo convenceré de que la envié a un Internado. Y luego nos mudaremos a Austin, o mejor a Nueva York, donde viven sus padres"- sonrió Serena   atenta a la bocina del coche de William.

Sonia observó por el agujero de la cerradura y comprobó que la niñera estaba concentrada en un programa de televisión. Enseguida, busco su chaqueta preferida, y venciendo el miedo, salió a la oscuridad de la noche

-La casa de Misterio está bien cerca, si me apuro, llegaré en un abrir y cerrar de ojos. Y le rogaré que me deje vivir con él, no quiero estar con esa maldita Serena-rezongó saltando la distancia entre la ventana y el jardín.Uf, parecía más baja.

Una vez repuesta, comenzó a correr por la calle de pedregullo que la llevaba a la casa de su amigo, y tal como pensaba, en pocos minutos estuvo frente a la puerta de calle.

-Son las veintiuna, ¿quién puede ser a esta
hora?-pensó el joven asomándose al porche al
escuchar el golpeteo. ¿Sonia, que haces aquí?-
tartamudeó sin poder creer lo que veía.

-Vine a visitarte. Tenemos que hablar.

-Imagino que tu padre no sabes que estás aquí-
susurró este mezclando la risa con
preocupación al comprobar la seriedad de
Sonia.

-Por supuesto que no.Y te aviso que no pienso
regresar a casa-advirtió la niña.

-Vaya, imagino que debe estar como loco
buscándote.

-No lo creo, tenía cita con Serena. Es su novia
ahora.

-Oh, comprendo -asintió Liam tratando de
contener su disgusto.

-Claro que no.Es una víbora y está empecinada
en casarse con él, nunca debiste huir.

-Querida, eres muy pequeña para comprender
ciertas cosas.

-Todas dicen lo mismo, pero entiendo
perfectamente que amas a mi papa, y que él te
ama. Lo he visto llorar por las noches abrazado
a tu foto. Él se cree que no lo oigo, pero si lo
hago. ¡Debes volver a casa antes que sea tarde!
-Me temo que ya lo es-pensó Liam sin decir
nada. Seguro estás equivocada y la Señorita
Serena es encantadora, tu tía Karen no sería su
amiga si no fuera de este modo.
-Dejaron de hablarse a principios de este año.
Escuché la pelea por teléfono.
-Eres muy atenta –silbó Liam.
-Los adultos son muy tontos, y prejuzgan a los
niños.
-¿Sabes? Creo que tienes razón. Avisaré a tu
padre que estás conmigo y luego comeremos un
poco de pastel de carne .Siempre te gustó como
me quedaba.
-Y me dejarás quedar a dormir. Ese es el trato.
O saldré corriendo y no me volverán a ver.
-Yo encantado, pero debemos ver que dice
William-tosió Liam asombrado por la
determinación de Sonia.

-O mejor todavía, si no me deja, el próximo sábado escupiré a esa bruja que tiene por novia. Y no vendrá nunca más.

-JAJAJAJAJAJ. Entra y déjame llamar a tu padre. Paso a paso –carcajeó notando que estaban parados en el porche.

-Pensé que nunca me invitarías a pasar-suspiró la chica ingresando como si fuera su casa.

-Oh, perdona, terrible olvido. Fue por la sorpresa, no te esperaba -exclamó Liam rodando los ojos.

-¿Ya hablaste?-pregunto la niña al ver que su amigo traía los platos con la cena.

-La línea está ocupada. Seguro se comunicará enseguida al ver mi número, mientras, aprovechemos a cenar comentó Liam sin imaginar que en ese instante William estaba rezongando a la niñera.

-¿Pero qué estás diciendo? ¡Cómo pudiste ser tan distraída!

-Saltó por la ventana, nunca pensé algo igual.
La distancia hacia el jardín es bastante alta-
intentaba explicar la desgraciada joven entre
sollozos.

-¡Disco mío!-Con la oscuridad que hay en la
zona. Esa niña está fuera de sí, Te dejo tengo
otra llamada, quizá alguien la encontró perdida y
la trajo.

-¿Qué ha sucedido? –preguntó Serena que justo
regresaba del baño. ¡Has palidecido
repentinamente!

-Sonia huyó de casa. Dame un segundo y
explico, tengo dos llamadas de Misterio.

-De acuerdo-gruñó la mujer.

-Misterio. Dime que Sonia se encuentra contigo.

-En este momento está dormida en mi cama, así
que yo pasaré la noche en un sillón. Creo que
esto se está haciendo habitual-intentó bromear.
Te llamé varias veces pero estaba ocupado.

-Gracias a Dios. Ya salgo para allí a buscarla.

-Disfruta tu cita y déjala hasta mañana, yo la
llevaré a la escuela. Solo te pido que pases a
dejarme su uniforme.

-¿No es molestia?

-Imagino que es una broma .Amo a tu hija. Y me encanta que se quede conmigo, tal vez podrías dejarla venir varias veces por semana.

-Luego hablamos. En un rato estoy por allí. Y gracias.

-No hay apuro, si encuentras todo apagado me dejas el uniforme en el buzón, tiene una entrada gigante.

-Imagino que Sonia fue quien te dijo que estaba en una cita-balbuceó olvidando que Serena estaba escuchando la conversación.

-¿Quién más podría ser?

-Tienes razón –acotó el hombre con una sonrisa que le llegaba a los ojos. Te dejo, debo llevar a Serena hasta su casa.

-Tómate tu tiempo-agregó Liam.

-Aprecio tu gesto-titubeó este.

-Parece que la fugitiva apareció –comentó Serena.

-Está durmiendo en casa de Misterio. Te llevaré y le alcanzaré su ropa. Él se encargará de llevarla la escuela.

-Pero si pasará la noche con Misterio podrías quedarte conmigo-sugirió la seductora mujer.

-Lo siento, estoy muy nervioso. Necesito regresar.

"Nunca sonríe así cuando está conmigo, Misterio debe desparecer de su vida. O más bien convertirse en mi aliado"-pensaba la mujer durante el camino de regreso.

-Perdóname –susurró William deteniendo su vehículo frente al jardín de Serena. Pero así es la vida de un padre soltero.

-No te preocupes. ¡Por eso debes volver a casarte! ¡Así tienes más apoyo!-explicó la mujer.

- Paso a buscarte el sábado-comentó con poco entusiasmo.

-¿No te olvidas de algo?

-¿Perdón?-preguntó desconcertado.

-Darme un beso de despedida-susurró acercando los labios seductoramente.

-Serena, quedamos en que no habría presiones-susurró el hombre.

-Está bien, olvídalo-asintió descendiendo del automóvil.

- Que descanses -se despidió William emocionado por su próximo encuentro con Liam.

¿Me habrá extrañado como yo a él?

-No hay duda, debo apurarme o será demasiado tarde. ¡Tengo que atraparlo a como dé lugar!- vociferó Serena interrumpiendo el silencio nocturno.

William tomó el uniforme de Sonia y se dirigió a casa de su antiguo amante.

-La luz está encendida, golpearé- titubeó un nervioso William.

-Hola-saludó este con timidez. ¿Cómo has estado?

-Bien, ¿y tú?

-Trabajando fuerte.

-Aquí te dejo la ropa de Sonia. Mañana hablaremos, quizá tengas razón y le haga bien quedarse algunas noches contigo.

-Y así tendrías mi tiempo para tus citas. ¿Quieres pasar a ver a tu hija?

-Si no es molestia.

-Hoy estás empecinado en decir tonterías. Entra de una vez- sonrió guiándolo hasta el único dormitorio de la casa.

-.Hacía tiempo que no al veía dormir tan tranquila. Últimamente tenía pesadillas, al igual que cuando falleció su mamá.

-Más razón para que venga seguido-aprovechó a explicar Liam.

-Mañana lo organizaremos – titubeó el hombre pegando velozmente la vuelta. Duerman bien.

-Hasta pronto -agregó Liam. *"Buenos sueños, amor "*-susurró Liam regresando a la casa.

-Y gracias por todo-gritó William como si inventara excusas para no marchar. *¿Cómo se hace para olvidar si no deseas hacerlo?*-susurró observando a la blanca luna que parecía acompañarlo en su trayecto de regreso.

Capítulo VIII

-¿Cuándo podré volver a casa de Misterio? Él
dijo que podría quedarme varias noches en la
semana-comentó Sonia ese viernes por la tarde.
-Es verdad, pero no hoy. Recuerda que mañana
viene Serena y se quedará hasta el domingo.
-¿Por qué se queda dormir? -rezongó la niña.
-La llevaremos a recorrer el pueblo, y seguro se
hará muy tarde para que retorne a la ciudad.
-Nosotros viajamos todos los días, ella puede
hacer lo mismo-insistió la niña.
-Por favor, hija. Es una amiga que viene de
visita- reiteró William.
-Yo también quiero traer a alguien –sonrió la
niña, ¿puedo?

-Creo que será una buena idea-asintió el padre.
En cuanto leguemos a casa me das el nombre
de ese niño así llamaré a sus padres para hacer
la invitación.
-No conozco a su familia, además es mayor.
-Un minuto ¿no estarás hablando de…Misterio,
verdad? -titubeó el hombre.
-SIP. Misterio, ¡quiero que venga!-gritó la niña.
¡Dijiste que podía invitar a quien quisiera!
-Me refería a un amigo, querida.
 -Dijiste que ELIGIERA-rezongó Sonia pateando
el sueño. Y lo hice…
 -Lo llamaré, pero no creo que acepte-musitó el
hombre enojado de haber caído en sus propias
palabras.
-Pues yo lo convenceré, ya verás-insistió la niña.
Pasa por su casa.
-No, querida, estará trabajando.
-Por favor papi, será solo un segundo. ¡Le
encantará verme!
-Eso me enseñará a pensar cuando hablo con
una niña tan inteligente como tú.

El joven estaba ordenando unas maderas, y se detuvo sorprendido al ver el conocido coche.

-Misterioso-gritó Sonia agitando su mano por la ventanilla abierta.

-Sonia, querida-sonrió el hombre secándose con la fina remera el sudor del rostro.

-Vine hacerte una invitación —exclamo la niña corriendo hacia él.

-Ojo, no me toques, estoy muy transpirado.

-No me importa-gritó la chica abrazándolo.

-Dime querida-asintió ignorando la extraña mirada que le enviaba William.

-Ven a cenar mañana con nosotros. ¡Porfa!

-Vaya, me tomas de sorpresa-respondió el joven.

-Hola, Misterio. Invité a Serena y le dije a Sonia que llevara a un amigo. Te eligió-explicó William sin haciendo un esfuerzo por quitar los ojos del cuerpo de su antiguo amante.

-Oh, que orgullo-sonrió con una sonrisa de agradecimiento hacia Sonia. Pero ahora que recuerdo, mañana tengo mucho trabajo. Terminaré muy tarde.

-No me mientas. Sé que no quieres ver a esa bruja, pero yo tampoco. Por favor ayúdame, quizá luego pueda venir a dormir contigo rogó al niña sim importarle la cara de enojo de su padre.

-Sonia, no debes hablar así de la gente.

-¡Es una brujaaaaa!

-Tendrás que perdonarme, querida, pero tengo un casamiento mañana de noche.

-Entonces pasa un ratito. Así me harás compañía.-suplicó la niña.

-Está bien, correré mi cita. ¿A qué hora voy?-añadió mirando a William como pidiéndole disculpas.

 -A las diecinueve-acotó el hombre sintiendo una punzada de celos. Tienes tiempo para tu "fiesta".

-¿Qué llevo?-respondió haciendo como si no hubiera escuchado nada.

-Nada. Encargaré todo a la Rotisería-indicó William extrañamente feliz por contar con la presencia del hombre.

-Entonces nos vemos mañana, bella. Gracias por acordarte de mí.

-Nunca podría olvidarte. Te quiero Misterio.

-También te quiero-asintió el joven conteniendo las lágrimas.

-Mira, papa, el Padre Jorge esté en casa-señaló Sonia.

-SIP, seguro viene a pedirme alguna donación. No viene con frecuencia últimamente-bromeó William.

-Tampoco vamos tanto a su Parroquia.

-Uffff.Sí, mi Pepe Grillo. Mejor vamos a ver qué ocurre.

-Hola, amigos-saludo el Padre con amabilidad. ¿Cómo han estado?

-Perfectamente, ¿y Usted?

-También, por suerte. Y ya es hora de que seas menos formal.

-JAJAJAJA."Pasa", así te convido con algo fresco. El clima está raro, hace demasiado calor ahora.

-Es verdad. Como las personas.

-Y bien, padre, cuénteme que lo trae por aquí-sonrió William poniendo sobre la mesa una bandeja con jugo de naranja y distintos bocadillos

-Nada en especial. Me enteré por Ana que Sonia
había huido de la casa, pero veo que todo se
resolvió satisfactoriamente-comentó sin hacer
alusión a la prolongada ausencia del hombre por
su Iglesia.
-Extrañaba a Misterio. Pero papá me permitió
que lo visitara y durmiera en su casa-acotó la
niña rápidamente.
-Me alegro escucharte. Los niños no deben
pagar por nuestros errores.
-Misterio no fue un error -comentó en voz baja.
-Creo que el error fue terminar sin tratar de
arreglar las dificultades que de una forma u otra,
todas las parejas viven.
-Él me dejó, Padre-susurró William.
-Tú lo hiciste dormir en el sillón-acotó Sonia
enojada.
-Hija, esta es una conversación de adultos. Ve a
mirar un poco la tele.
-Siempre me corres cuando vas perdiendo-
rezongó Sonia cambiando hacia el living de
mala manera.

- A veces buscamos suplantar al personas, olvidando que cada una es especial y tiene un lugar diferente en nuestro corazón -continuó George haciendo un guiño a la niña.

-Si se refiere a la Señorita Serena es solo una amiga-se excusó el dueño de casa.

-Fue solo un comentario. Hay que tener cuidado de nuestras acciones. Y de eso tratará el sermón del domingo, al que me gustaría que asistas. "La paciencia en el amor"

-Concurriremos. Sin duda, un tema muy interesante y actual...

-Ya lo creo .Ah, por cierto, les gustará saber que la Señora Rubinstein dejó misteriosamente de concurrir a mi Iglesia.

-¡Que suerte, no tendré que ver esa cara de Mofeta amargada!-aplaudió el hombre.

-Papá, dijiste que no debería hablar así de la gente.

-Escucha a tu hija-río George. Saludos a Misterio, Sonia.

-Mañana viene a cenar con nosotros-agregó la niña sonriente.

-Se ha hecho muy amigo de un encantador feligrés que concurre asiduamente a la Iglesia. Como les comenté hace un tiempo, soy de los que creen que la Casa de Dios debe estar abierta a todos sus hijos. Nos vemos, queridos. Que la paz sea con vosotros.

 -Adiós, Padre-respondió William intentando ocultar una vez más sus celos.

-Espero que Misterio no me olvide si se casa-comentó a la niña con preocupación.

-El Padre habló de un amigo, nada más que eso. No te angusties, querida.

-Pero alguna vez lo hará. Es un joven muy dulce-sonrió entornado los ojos.

-Será mejor que limpie la cocina y termine unos asuntos laborales-agregó mal humorado.

Sonia pensaba que Misterio ya no vendría, justo en el momento que el timbre comenzó a sonar.

-¡Misterio!-gritó la chica saltando de la silla ¡Al fin!

-Debes disculparla-la excusó William. Como te dije, son muy amigos.

-Entiendo-asintió la elegante mujer arreglándose nerviosamente el cabello.

-Pensé que te habías olvidado de nuestra cita -gritó la pequeña al verlo.

-Nunca lo haría. Pero el trabajo me demoró.

-Pasa, tienes la silla al lado de la mía.

-Buena noches a todos-sonrió el joven .William, Señorita-saludó inclinando la cabeza con galantería. Traje un vino especial, espero les guste.

William entornó los ojos y examinó al hombre que estaba parado a un costado de la mesa. El traje color avellana le hacía juego con los ojos, y el moño perfectamente arreglado dejaba bien a la vista el óvalo de su perfecto rostro.

-Gracias, no era necesario. Por favor, toma siento-indicó William tomando la botella.

-Con permiso. En realidad solo me quedaré un rato. Tengo una boda.

-¿Te casas, Misterio? ¡Estás tan elegante como un novio!

-Oh, no carcajeó. Es el casamiento del hermano de un amigo. Pero es en un lugar medio "fino", y mi acompañante me hizo venir de traje.

-Lamento Sonia te haya comprometido de esta forma-comentó William

-Vine porque quise. Una invitación de Sonia es siempre bienvenida-sonrió mirando a William fijamente a los ojos.

-Y bien, ¿Cómo has estado?-preguntó Serena aclarándose la garganta.

-Muy bien. Trabajando, Señora.

-Puede llamarme Serena. Ya soy parte de esta familia -añadió ante la sorpresa de William.

-Como gustes…Serena.

-Espero les guste el menú –comentó William rompiendo el hielo que parecía cortar el ambiente.

-Todo exquisito, pero debo irme .En breve pasarán a buscarme-comentó Misterio observando el reloj. Una vez más, gracias por invitarme.

-Te acompaño hasta la puerta –susurró William.

-Papá, tengo sueño. ¿Me acompañas a dormir?-
preguntó la niña refregándose los ojos.

-Déjame despedir a Misterio –acotó el hombre.

 -Llévala, unos minutos más, no cambiarán la
historia -sonrió observando su celular.

-Hasta pronto, Mis-susurró Sonia besándola.
Recuerda que pronto iré a dormir a tu casa.

-Te estaré aguardando, la gata del Señor
Francis tendrá cría, tal vez puedas ayudarme a
cuidar a esos bebés.

-Siiiiiiii. ¡Es una gran idea!-aplaudió Sonia como
si apronto el sueño hubiera desaparecido.

 -Sabes cómo entusiasmar a los niños- Y una
vez más, gracias por venir-sonrió William
siguiendo a su hija.

-Es una niña muy dulce-carraspeó Misterio sin
saber que decir al quedar solo con Serena.

 -Así es, le falta educación. Claro, una niña
precisa a su madre. ¡Pobrecita!-fingió
enternecerse la mujer.

-Yo no lo veo de ese modo. Sorteó muchos
obstáculos desde que llegó a este pueblo.

-Supe que tú hiciste que volviera hablar-silabeó la mujer fingiendo una simpatía que no sentía.

-Serena, por favor. No soy Cristo. Fueron muchos factores que contribuyeron a ese milagro. Especialmente, la misma niña.

-Escucha, Misterio-susurró la mujer comprobando que William seguía con Sonia. Seré directa, como imaginarás amo a William, y me gustaría mucho casarme con él. Para eso necesita tu ayuda.

-No comprendo que puedo hacer-comentó asombrado.

-Sencillo: Puedes ser mi aliado o desaparecer. No ignoro el vínculo que hubo entre ustedes, pero afortunadamente, eso acabó. William comprendió que formar una familia con un hombre no era lo mejor para su hija.

-Estimada Señora: Yo fui quien terminó con William, y creo que cometí un error gravísimo. Lo sigo amando, y lo extraño mucho, así que como verá, no soy la mejor persona para pedirle ayuda.

-¡Él me ama! ¡Quiero que desaparezcas de su vida!-ordenó la mujer apretando los puños con fuerza.

-¡Vete a la mierda!-respondió Misterio tirando sus servilleta sobre la mesa. Despídeme de William, tengo una boda a la cual concurrir. Y no tengo nada que conversar contigo. ¡Pobre William si cae en tus garras, eres realmente una bruja!

William beso por última vez a su hija y regresó al comedor.

-¿Y Misterio?-preguntó incrédulo de que el joven se hubiera ido sin despedirse.

-Lo llamó su amigo que ya llegaba, y salió corriendo.

-Me pareció o estaban discutiendo mientras acostaba a mi hija —comentó preocupado.

-Para nada, fue un intercambio de opiniones.

-Me alegro entonces. Levanto la mesa y nos vamos a dormir-sugirió William. Mañana temprano vendrá una chica a lavar.

-Me gusta esa idea, así tendremos más tiempo para nosotros-sugirió seductoramente.

-Serena, debemos conversar. Y no te va a gustar lo que vas a escuchar-afirmó William deteniendo su actividad.

El sol comenzaba a salir cuando Sonia se despertó sobresaltada por el ruido del auto. Poniéndose las zapatillas de oso, que le había regalado la abuela Angela para su cumpleaños, se asomó a la ventana y observó como el desconocido besaba a Misterio.

Los hombres conversaron unos minutos, y poco después, el extraño vehículo se fue rápidamente.

-Misterio me mintió, tiene novio-sollozó corriendo en busca de su padre. No está en su habitación, seguro se quedó con Serena-sollozó, si percatarse que el hombre, dormía en la hamaca paraguaya que había colgado en un rincón del living. ¡Me iré bien lejos y no regresaré!-gimió la niña tomando su ropa de abrigo. Iré a la casa del padre George, él es una buena persona y no miente-decidió abriendo silenciosamente la puerta.

El frío acuciaba todavía pese a la primavera cercana. Así parecía indicarlo ese brillante amanecer, en el cual las flores salvajes se mezclaban con resistentes yuyos.

Sonia se subió la capucha de su sudadera, y comenzó a caminar por las calles que le parecían conocidas, deteniéndose al comprobar que cada vez el sitio se volvía más solitario.

-Será mejor que regrese a casa, creo que olvidé el camino .Estaba por pegar la vuelta, cuando sorpresivamente distinguió tres pares de ojos observándola ferozmente.

La niña intentó esconderse detrás de un enorme tronco, al comprender que esos peligrosos lobos, hambrientos por el largo invierno parecían dispuestos a atacarla. Temblando, cerró los ojos y rogó para que los animales se marcharan. Estaba demasiado lejos el pueblo para intentar huir.

Las pisadas parecían cada vez más cercanas, cuando un lobo más grande que los demás, se interpuso entre Sonia y la manada, y les mostró sus amenazantes dientes.

-¿Oliver, eres tú?-titubeó la asombrada chica.

 Acuciado por el festín que parecía escapar, uno de los lobos atacó al recién llegado, y una terrible batalla se estableció entre los que parecían ser los jefes del grupo.

Sonia aprovechó a correr, escondiéndose detrás de unas rocas, hasta que finalmente el silencio regresó. Nuevos paso se escucharon cerca del escondite, y de repente el enorme animal apareció. Tras unos breves segundos, se acercó hasta ella, y se sentó cómodamente a un costado de la temerosa niña.

-Oliver, ¡te extrañé!-sonrió la niña comprendiendo lo que había ocurrido. ¡Qué suerte que viniste!-lo abrazó mientras el lobo lamía su rostro. Un aullido vibró un poco más lejos, y al escucharlo, el animal se alejó, y comenzó a caminar hacia las casas. Sonia comprendió que debía seguirlo y tratando de no mirar el sitio donde uno de sus atacantes yacía ensangrentado, continuó junto a su amigo.

William despertó y saliendo de su improvisada cama, fue a asearse antes de despertar a su hija.

-De nada vale hacer perder tiempo a Serena – decidió tras pensarlo gran parte de la noche. No la amo y nunca la amaré. Mi corazón tiene dueño, y eso no va cambiar por mucho que lo intente.

Una vez afeitado, se dirigió al cuarto de su hija, y palideció al encontrar la cama vacía.

-Sonia-exclamó sacudiendo las sábanas .Sonia!-insistió regresando al living. Seguro que se enojó por la presencia de Serena y fue dormir a casa de Misterio. ¡Esa niña, debe tener un buen castigo! No puede darme esos sustos-rezongó saliendo directamente a casa de su ex amante.

-Misterio, abre, por favor-musitó golpeando desenfrenadamente.

El hombre abrió la puerta en medio de un bostezo, atónito ver a su enamorado frente a él.

-¿Qué sucede?-preguntó preocupado.

-Dime que Sonia está contigo.

-Pues no la he visto desde que vine de tu casa.

-No la encuentro por ningún lado.

-¿Qué dices? No comprendo.

-Yo tampoco, supongo que no aceptó mi relación con Serena y decidió marcharse. Pero si no vino aquí, ¿dónde puede estar?

-Debe haber ido a la casa de alguien querido para ella, y con quien tuviera una buena relación.

-El padre George -recordó William. Pero para ir a la Parroquia hay que cruzar los bosques. Y los lobos deben estar muy hambrientos en esta época.

-Espera un minuto. Me pondré un pantalón y buzo y salimos a buscarla.

-No demores por favor –sollozó William.

-Ya estoy-exclamó Liam completamente vestido y con una escopeta de caza en la mano. Vamos por el camino de los montes, es el que siempre utilizamos para ir a la parroquia.

-¡Lamento haberte interrumpido! Imagino que habrás llegado tarde anoche.

-No tanto-acotó Misterio con una inescrutable mirada.

-Solo deseo encontrar a mi hija-suplicó William.

 -La encontraremos, te lo prometo-afirmó
Misterio apoyando una mano en el hombro de
William.

 -Sigamos –tosió este. ¡El tiempo apremia!

 -Revisa por aquí, yo me adelantaré un poco.
Así seremos más rápidos-sugirió Misterio.

-De acuerdo-asintió William.

-Aquel guante es parecido a los que usa Sonia-
exclamó Misterio varias millas más adelante.
Ella estuvo por aquí. El hombre se inclinó a
recoger la preciada prenda y al levantar la
mirada, vio el bulto de pelo y sangre que servía
de alimentos a otros lobos.

-No es Sonia. ¡Gracias, Señor! -añadió en voz
baja por miedo a llamar la atención de los
animales. Será mejor volver a la casa, debe
haber regresado y en el camino perdió el
guante. O eso espero.

-¿Viste algo?-titubeó William.

-Regresemos. Tengo el presintiendo de que no
está por aquí -comentó Misterio sin mencionar el
hallazgo.

-Tal vez deberíamos revisar un poco más - insistió William.

-Primero busquemos por la casa, puede estar oculta en algún lugar. Caso contrario, precisaremos ayuda.

-Te conozco y sé que me ocultas alguna cosa- tartamudeó William.

-De acuerdo .Aquí está su guante, lo que indica que salió apresurada-agregó Misterio con una seguridad que estaba lejos de sentir.

-Júrame que no la viste muerta.

-Te lo hubiera dicho. Había demasiados lobos por allí comiendo, pero no era a era un ser humano.

-¿Cómo puedes estar tan seguro?

-Tengo buena vista, carajo. Y me acerqué todo lo que pude, pero tenemos que irnos, nos destrozaran si los molestáramos. De nada serviríamos muertos. Si te deja más tranquilo, yo me quedo recorriendo el lugar, y tú iras por ayuda. ¡Apurémonos!

-Gracias –lo abrazó William sorpresivamente.

Liam rodó los ojos, y tras titubear un minuto, tomó la barbilla de su amante y besó suavemente sus labios.

-La hallaremos muy pronto, sana y salva. Ya habrá tiempo para conversar.

-Tienes razón. Nos vemos en un rato -asintió este sin distinguir a Serena parada en el portón de la casa revisando los alrededores con una larga vista.

-Pese a la lejanía, los distinguí abrazados -lloró de rabia. Pero haré que no vi nada, debo ser más inteligente que ellos —entró rápidamente deseosa de que los hombres no la hubiera percibido.

Sonia estaba llegando al rancho acompañada de Oliver y se detuvo tras unos altos yuyos al divisar a Serena parada en la puerta.

-No quiero regresar allí. Tampoco recuerdo donde queda la Parroquia y no llegaría con tus amigos merodeando por los bosques.- conversaba Sonia como si el lobo pudiera a entenderla. Ya sé tengo un lugar genial, allí pensaré que hacer. Tal vez pueda llamar a los abuelos desde lo de algún vecino y vengan a buscarme, pero primero descansaré. Acompáñame al galpón donde Misterio guarda las herramientas así puedo dormir un rato. Y luego deberás irte, seguro no sabrán que eres tú y podrían hacerte daño-musitó la niña con tristeza notando por primera vez la falta de uno de los guantes que tenía en su bolsillo. Habrán caído en la carrera —suspiró sin darle mayor importancia al tema.

Minutos después la niña dormía entre el heno, sin imaginarse el revuelo que su desaparición había causado. Oliver le lamió el rostro, y rápidamente, salió del galpón.

<u>Capítulo IX</u>

-¡William! —gritó Serena saliendo a la puerta de
la casa, sin siquiera saludar a Liam que llegó
casi enseguida. ¿Qué está sucediendo?
-No encontramos a Sonia por ningún lado-
respondió agitado por la angustia.
-Oh, querido, cuanto lo siento. Seguramente
estará entretenida en algún lado y no se dio
cuenta del tiempo transcurrido.
-Ojalá tengas razón. ¡Gracias por el ánimo!
-Sonia es una niña muy inteligente, estoy segura
de que en cualquier momento aparecerá.
-Con permiso, debo pedir a los vecinos que me
vengan a ayudar-afirmó corriendo a la mujer de
la puerta.
-Y yo seguiré recorriendo otros sitios -exclamó
Liam ignorando la mirada de odio que le enviaba
Serena.
El joven estaba caminado entre unos altos
matorrales, cuando el enorme animal se cruzó
en su camino.

-Maldición –gritó apuntando al animal con su arma, Pero, O-liver ¡HAS REGRESADO!-titubeó acercándose al ver que el lobo se tiraba mansamente al suelo .Quizá has visto a Sonia por aquí...o salvaste su vida-añadió extendiendo una mano por el lomo del animal.

La mirada de Oliver pareció fijarse por un segundo en el galpón, y levantando las orejas al escuchar el griterío de las personas que llegaban, se perdió entre los montes.

-¿Estoy quedando loco u Oliver señaló mi depósito de herramientas? A la pequeña traviesa le encanta esconderse allí cuando jugamos a las escondidas. Tengo un presentimiento...–acotó Liam dirigiéndose apurado hacia el sitio.

Cruzando los dedos, se metió rápidamente en el lugar, decidido a examinar hasta el último rincón.

-Empezaré a revisar. Tengo bastantes recovecos en los cuales podría estar oculta nuestra querida Sonia.

Estaba recorriendo todo el sitio, cuando observó que unas hebras de heno parecían moverse.

-Sonia ¿eres tú?-titubeó el hombre.

-Misterio. ¡Viniste a rescatarme!-exclamó la niña sonriendo.

-Por supuesto, ¿acaso dudaste que te encontraría?

-¿Y Oliver, logró huir? Vino a salvarme – preguntó emocionada.

 -Sí, querida, regresó con su familia.

-Menos mal-suspiró abrazándose a su amigo. Ignorando lo sucedido, un histérico William no dejaba de dar órdenes a los hombres que habían concurrido velozmente en su ayuda. Un enorme mapa de la región yacía sobre una mesa, y el hombre delimitaba con un lápiz rojo, las zonas que recorrería cada uno.

-¿Quedó todo claro? - comentó William antes de iniciar la cruzada. ¡Mi hija está en peligro!

-Un minuto, mira eso-gritó uno de los hombres observando que Liam se acercaba con la niña en brazos. Parece que tu hija te jugó una broma.

-Sonia-exclamó William sintiendo que el corazón explotaba.

-Tal como pensé, estaba dormida en el sótano donde guardo mis herramientas Suele esconderse allí cuando jugamos al escondite.

-¡Debería darte una buena penitencia por la angustia que me hiciste pasar!-sollozó William tomando a su hija entre los brazos. ¡Tuve tanto miedo! ¿Por qué huiste de casa?

-Quise ir a lo del padre George y me perdí, por suerte Oliver me salvó de que me comieran los lobos.

-¿Oliver?-preguntó William pensado que su hija desvariaba.

-Sí, Oliver-asintió Liam. Luego te explicaré.

-¿Por qué hija, cometiste esa locura?

-Tu cama estaba vacía, e imaginé que estarías con Serena .Se lo que significa eso. Y a Misterio lo dejó un auto de madrugada y alcancé a ver cuándo el chofer te besaba .Decidí pedirle al Padre George que me dejara vivir con él, sabía que él nunca me traicionaría.

-Hija, creo que debemos tener una conversación seria y en privado. Misterio tiene derecho a tener su vida. Y a formar su propia familia, pero siempre estará para ti.

-¿Es cierto eso, Mis?-preguntó la niña.

-Por supuesto. Ya lo has visto, siempre en primer lugar.

-Como Oliver-sonrió la niña mientras los presentes observaban la emotiva escena sin entender lo que realmente había sucedido.

-Bien, nosotros nos vamos. Imagino que deben descansar, esto ha sido muy angustiante-acotó uno de los vecinos.

-Gracias, amigos. ¡No olvidaré el gesto que tuvieron hacia mi familia!

-Estoy seguro de que hubieras hecho lo mismo-acotó una de la mujeres del grupo. Y por favor, Sonia, no vuelvas a preocuparnos de esta forma.

-También me voy, tengo cosas que hacer. Hasta pronto chicos-se despidió Liam besando a la niña por última vez.

-Después voy por tu casa, Mis-gritó Sonia haciéndole adiós con su mano.

-Cuando guste, pero avísame que paso por ti.

-Sonia, querida, ¡que susto tan terrible nos diste!-comentó Serena limpiándose los ojos con un pañuelo de seda. No sé qué hubiéramos hecho si te pasaba algo malo.

-Bájame papá, suena el teléfono. Debe ser alguien preocupado por m desaparición -acotó la niña sin responder.

-*Mocosa del demonio, ya me las pagarás*-pensó Serena fingiendo una sonrisa.

-Ve hija, Serena y yo debemos retomar una conversación. Creo que no comprendiste bien lo que intenté decirte ayer.

-Querido, has estado agotado, la presencia de Misterio volvió a confundirte-titubeó la mujer.

-En algo tienes razón. Todo lo ocurrido me ha hecho pensar que debo encauzar la vida de la mejor forma posible para mí y para Sonia. ¡He sido muy desprolijo!

 -Estoy de acuerdo-asintió la mujer pensando en que todavía tenía posibilidades con William.

-Papá, es la abuela. Quiere hablar contigo.
URGENTE-interrumpió la niña.

-Espérame un minuto, en seguida continuamos-
indicó el hombre.

-Tengo todo el tiempo de mundo-.Cuéntame
querida, ¿cómo te sientes?-sonrió la mujer
dirigiéndose a Sonia.

 -Mamá, ahora estoy muy ocupado, te llamo más
tarde-comunicó William sin mencionar lo
sucedido.

-Será solo un minuto, quisiera confesarte algo
que hice y no me deja vivir. Eso, sin contar que
tu padre no me habla desde que se enteró.

-¿A qué te refieres? –susurró William.

- Misterio se fue por mi culpa, le insinué que te
dejara, o les estropearía la vida. Luego Karen
me contó que estabas saliendo con su amiga y
me convencí de que había hecho bien. Pero tu
cuñada se encargó de hacerme notar que desde
tu separación ya no eras el mismo, y Sonia
tampoco.

-Gracias, mamá, por tu valor al confesar tu triste conducta. Pero llega demasiado tarde. Misterio tiene a otra persona, y si me hubiera amado como decía, otro seria el cantar.

-No te creo, conozco a una persona enamorada en cuanto lo veo .Y él te ama con locura, a los dos más bien... ¡Pasaron demasiadas cosas, Hijo, el pobre se sintió desbastado!

 -Hablaremos en otro momento. Ahora hay algo que debo terminar -acotó mirando a Serena que conversaba con el Padre George.

-Hijo: Date otra oportunidad a ser feliz. Y perdóname.

-Lo pensaré, hasta luego-cortó. Padre, ¡que gusto verlo por aquí!

-Acabo de enterarme de lo sucedido y vine de inmediato. Le comentaba a Sonia que me llame si decide visitarme .Yo mismo vendré a buscarla.

-¡Quiero vivir contigo padre! No me gusta estar aquí. Papá y Misterio son dos mentirosos.

-Por favor, querida. Me duele mucho lo que estás diciendo-afirmó William.

-Es la verdad-increpó la niña.

-Sería un honor para mí, pero temo que tu padre te extrañaría mucho-tosió George.

-Tiene a la Señorita Serena, luego tendrán más hijos y me olvidará. ¡Quiero ir contigo, George!-insistió la niña.

-Querida, ¡no digas barbaridades! Eres mi querido bebé, el recuerdo viviente de mi amada Lorna-murmuró abrazándola mientras Serena sonreía pensando que William se había decidido por ella.

-Bien, los dejo para que resuelvan esta confusión familiar. Debo ir a casa de Misterio, el feligrés que le presenté acaba de confesarme que se sobrepasó y quiero pedirle perdón. Al fin y al cabo, fue mi culpa, yo insistí en que le haría bien conocerlo. Nos vemos más tarde. Luego hablamos, Sonia.

-Espera, George, ¿estás querido decir que Misterio no ama a ese tipo?

-Exactamente. Lo vi tan triste y solo cuando
dejaron que quise presentarlo con mi amigo.
Pero sin duda no es bueno meterse donde no te
llaman.
-Quédate un poco con Sonia, Padre. Quisiera
hablar con Misterio sin demora -exclamó William
corriendo hacia la puerta.
-Por supuesto, Hijo-sonrió el Cura.
-¿Qué pasará conmigo?- musitó Serena
cruzando los brazos sobre el pecho.
-Perdóname, Serena .He amado a Misterio casi
desde que lo conocí. Fui un idiota en no insistir
Puedes llevarte mi auto, o pedir un taxi para ir a
tu casa, lo que te venga mejor.
-¡Bravo!-aplaudió Sonia
-Maldito bastardo, hasta estaba dispuesta a
soportar a tu atrevida hija por vivir contigo.
¡Pagarán cara esta burla!
-Hija, por favor, estás en presencia de un
Sacerdote-comentó George fingiéndose
horrorizado.
-Usted es un inmoral, favoreciendo el
casamiento entre dos degenerados.

-Cállate, bruja- gruñó la niña pegando un puntapié a Serena.

-Mocosa inmunda-vociferó Serena dirigiéndose al dormitorio en que había pasado la noche a preparar su equipaje.

-Después de todo, tal vez no vaya a vivir contigo, George.

-Qué pena, yo estaba tan ilusionado.

-Igual te visitaré con frecuencia –confesó la niña.

-Eso me hace feliz, entonces, ¿viste a Oliver?- preguntó el Cura comprendiendo que William podía demorar.

-Sí, ¡está hemos!-susurró observo a la lejanas montañas como si buscara a su querido amigo entre sus picos. ¿Te enteraste que salvó mi vida?

-Algo escuché-asintió George. Tal vez quieras contarme los detalles.

-Claro, siéntate conmigo-indicó Sonia sentándose en el sillón grande.

-Misterio, abre por favor-gritó William una vez frente a la puerta de su amante...

-¿Qué sucede ahora? Me estaba bañado
Espero no haya otro contratiempo-susurró
arreglándose la toalla que tenía atada en su
cintura.

-Depende como consideres lo que voy a hacer -
exclamó besándolo con pasión.

-¿Qué haces? Por si no recuerdas, estábamos
separados.

-Tú lo dijiste, estábamos .Creo que cometimos
un error al terminar nuestro noviazgo.

-No sé qué decir…yo-titubeó el joven sintiendo
que la humedad cubría sus ojos.

-Múdate de nuevo conmigo. Sé que no has
podido olvidarme

-¿Y Serena?-preguntó Liam.

-No existe. Antes de venir para aquí alcance a
pedirle que se fuera. ¿Qué dices?

 -Te gusta este pueblo, no creo que te
encuentres preparado para dejarlo. Y sabes que
nos consideran dos pervertidos.

-Iba proponerte mudarnos para la ciudad en el
momento que dijiste que querías terminar. ¡Casi
muero al escucharte!

-Me sentí horrible con todo lo que había ocurrido, pensé que lo mejor sería desaparecer de tu vida.

-Sé que mamá tuvo que ver en eso también, llamó para disculparse.

-No la culpo. Ella solo aclaró lo que yo pensaba.

-¿Y ahora?-insistió William.

-Creo que me equivoqué en no platicar abiertamente sobre mis sentimientos -reconoció Misterio. Sin embargo, tú amas al pueblo y la gente aquí es muy prejuiciosa.

-Nos aceptarán con el tiempo. Casi todos los vecinos vinieron corriendo al pedirles ayuda. Creo que eso ya significa algo.

-Tienes razón –asintió Misterio. ¿Dónde está Sonia ahora? Dijiste que Serena se estaba yendo, y de cualquier manera, no creo que la cuidara para que tú me visitaras.

- George me contó que él te había presentado a tu fallida cita, y como forma de arrepentimiento ofreció a cuidar un rato a Sonia para que "conversemos", pero ¿qué tal si dejamos de hablar y comenzamos a recuperar las horas perdidas?

-Una excelente idea-susurró Misterio en los labios de su amante. Y parece que alguien se va en taxi.

-Sabes de quien se trata, no te hagas el tontito y dime donde queda el dormitorio.

-Allí atrás. Es la única habitación separada, lo conociste cuando Sonia se quedó a dormir.

-Es verdad, pero los nervios de estar a tu lado no me dejaron pensar racionalmente. Creo que en el fondo de mi corazón tenía a la esperanza de que me invitaras aquedarme.

-Ya que lo mencionas, desde el fondo de mi corazón esperaba que dieras una señal para pedírtelo.

-Somos un par de tontos. Muéstremelo, por favor –sonrió arrancándole la toalla que cubría su cintura.

-Pensé que te referías al dormitorio-bromeó Liam.

-Y más tarde, llevaremos tu ropa a casa, de donde nunca debió salir.

-Totalmente de acuerdo-asintió apretándose contra su amante.

-Cómo demora papá-comentó Sonia rato después, ¿crees que deberíamos ver qué pasa?

-Oh, no- Si demora, es que todo marcha muy bien- contestó el Sacerdote besando la cabeza de la niña.

La armonía volvió rápidamente a casa de la pareja. Los hombres hacían planes para el futuro, al mismo tiempo que Sonia soñaba en una próxima visita de Oliver.

-No te ilusiones, él quiso salvarte, pero difícilmente vuelva-intentaba explicarle Liam.

-Estoy segura de que regresará. Seguro es un gnomo con cuerpo de lobo. Oliver es mágico-sonreía la niña.

-Tal vez tengas razón –aceptaba finalmente el hombre para no cortar la imaginación de quien ya consideraba su hija.

-Y recuerda que luego de la escuela iremos al local que tu papá compró para poner su empresa. Y a iniciar los trámites para obtener mis documentos-añadió Liam.

-¿Cómo te gustaría llamarte? No creo que puedas dejarte Misterio- argumentaba la niña mientras se ponía el uniforme escolar.

-Dame ideas- -exclamó el hombre tomándose de una silla al sentir que sus piernas comenzaban a aflojarse. ¡Otra vez lo mismo!

-¿Qué sucede?-gritó Sonia asustada.

-Llama a tu papá, ¡que venga urgente!

 -Si-exclamó la niña tomando el teléfono. Papá, ven a casa. Misterio se siente mal.

-Ya no preciso pesar un nombre. Me llamo Liam. Liam Toh.Y soy un sobreviviente de un avión que iba a Dallas-murmuró tomándose la cabeza con las manos. ¡Por Dios como duele!-susurró cayendo desmayado al suelo.

-¡No entiendo lo que dices!-sollozaba Sonia asustada deseando que su padre no demorara demasiado.

<u>Capítulo X</u>

Liam escuchaba el extraño murmullo a su alrededor pero por más que lo intentaba no lograba abrir los ojos... Voces conocidas se mezclaban con diferentes rostros produciendo un dolor de cabeza difícil de soportar.
 -Está llorando-susurró Sonia secándole las lágrimas con un dedo.
-"*Mi querida niña*"-pensó tratando de gesticular el nombre.
-Seguramente sufre un ataque de estrés por la confusión que está viviendo. Ya despertará.

-¿Se acordará de mí?-preguntó la misma voz infantil.

 -Veremos, estos casos son muy raros-acotó alguien que Liam no lograba identificar. Tienes que estar preparada para cualquier cosa, querida. ¡Hay que esperar!

"Claro que me acuerdo, ¡Cómo olvidarte!

-Sonia, ve a traernos un poco de agua fresca, por favor.

¿Y si despierta y no me ve?

-La heladera está allí querida, te llevará un segundo.

-Bien –asintió besando suavemente la frente de Liam.

-Doctor, mi hija sufrirá mucho si Misterio no la recuerda.

-Lo comprendo pero no puedo saberlo, amigo. Aunque no sea lo propio de un científico en estos casos, creo que ahora solo nos queda rezar.

-Tengo que decirles que no se angustien más, que los amo con todo mi corazón. ¡Debo hacer un esfuerzo!-pensó Liam atendiendo la voz del que William había llamado Doctor.

-Esa moviendo sus dedos -comentó William.

-Aquí estoy de vuelta-añadió Sonia entrando a la habitación con el fresco líquido.

-También yo, querida Sonia-acotó Liam sonriendo tenuemente. Y por supuesto que te conozco.

-¡Misterio!-gritó la niña saltando sobre el cuerpo de su amigo.

-Hija, cuidado. ¡Está muy débil!-exclamó William.

-Mi querida Sonia siempre es bienvenida –sonrió Liam abrazándola.

-¡Sabía que te acordarías de mí! ¡Estaba segura!

-Por supuesto, pequeña. Te lo dije millones de veces. William, no precisaremos sacar nuevos documentos. Soy Liam Toh, alias Misterio-sonrió tomando la mano del hombre que también había comenzado a llorar de felicidad.

Lucke dejó de realizar su carrera matutina, y se sentó en un banco de la rambla para atender la llamada.

-Espero que sea algo importante, saben que entre las seis am y las nueve no pueden molestarme. Es mi hora deportiva–refunfuñó observando el número de su esposa. Dime que sucede.

-Querido, no imaginas lo que ha sucedido - lloraba la mujer descontrolada. Recién llamó la policía.

-¿La policía?-titubeó Lucke. ¿Qué ha pasado?

 -Apareció Liam-soltó sin aviso.

 -Debe tratarse de un error. Es imposible, hace dos años y medio que nuestro hijo…falleció.

-Nuestro hijo está en un pueblo cercano a Austin. Parece que había perdido la memoria junto con todos los documentos .Vivió todo este tiempo en casa de un viudo y su pequeña hija...

-¿Está segura de que no te golpeaste la cabeza?-preguntó el hombre conteniendo la emoción.

-Lucke Toh, eres un verdadero idiota. Y si no estuviera tan inquieta llamaría a un abogado para solicitar el divorcio.

-Avisa a Oscar y saca pasajes para el próximo vuelo a lugar en donde está. ¡Esto es un milagro!-sollozó el hombre.

-Ya lo hice. Solo deja de correr y apúrate-cortó la mujer.

En los siguientes días Wimberley se convirtió en un verdadero hormiguero. Periodistas y vecinos no dejan de visitar la casa de William, sin poder creer que el joven que allí vivía fuera el único sobreviviente del accidente aéreo suscitado dos años atrás.

-No puede recibir más visitas-explicó el Doctor al ver el agotamiento de Liam .El muchacho está muy estresado, precisa dormir. Debe estar preparado para la próxima llegada de su familia.

-De mi otra familia-corrigió con un hilo de voz tomando la mano de Sonia.

Los aplausos de los presente sonaron ensordecedoramente en el momento que los padres de Liam descendieron en la puerta de la casa de William.

-Hijo mío-gritó Lucke sin poder creer lo que estaba ocurriendo.

-Hola, papá, Hola, mamá. ¿No me dan un beso después de tanto tiempo separados?-sonrió el hombre levantándose de la hamaca donde había pasado tanta horas conversando con Sonia.

-Pues claro que sí-respondió su madre acercándose directamente hacia su hijo.

Liam se abrazó a sus padres y unió su llanto al de ellos.

-Es imposible, debo estar soñando –repetía Mollie una y otra vez, mientras Lucke no tenía, que más palabras de agradecimiento hacia William.

Una vez más tranquilos, su padre comenzó narrarle todo lo sucedido en lapso de tiempo que él había estado ausente, mientras Liam, deseaba en su inconsciente que finalizara para contarle sobre sus sentimientos.

- Oscar fue padre hace quince días, por eso no vino con nosotros. En cuanto a Grand, estaba en una reunión en los países Árabes cuando se enteró. Ya te verá en cuanto regreses a casa. ¡Nuca se casó!

-¿Se ira a su otra casa, papá?-preguntaba la niña con tristeza al observar al entusiasmo que demostraba Liam por haberse reencontrado con su familia.

-No lo sé, querida. Habrá que esperar a ver que decide –respondía William sin saber a qué atenerse.

-Papá, mamá .Hay algo que necesitan saber- sonrió en cuanto su padre terminó de ponerse al día con todas las novedades.

-Habla, hijo. ¿Qué sucede? ¡No he parado de hablar por horas!-exclamó Lucke.

-Como ya saben, he pasado más de dos años viviendo con esta maravillosa familia-se detuvo dirigiendo una amplia sonrisa dirigida a William y a Sonia. En todo este tiempo aprendí conocerlos, a amarlos.

-Y nosotros estamos muy agradecidos por lo que hicieron por ti, jamás podremos pagarles su generosidad-interrumpió Lucke.

-Déjame terminar. Estoy enamorado de William y quiero casarme con él. Ellos también son mi familia ahora -afirmó estirando su mano al hombre que amaba, quien rápidamente la tomó entre las suyas...

-Pero, hijo, estás perturbado por todo lo ocurrido. Has olvidado tu vida anterior, por eso confundes amor con agradecimiento. Debes regresar a casa y pensar bien tus próximos pasos-añadió Lucke.

 -No tengo nada que pensar, conozco mis sentimientos. Iremos los tres, pero de visita. Por favor, respeten mi deseo.

-William, dile que venga con nosotros. Y si después de unas semanas sigue pensando igual, no nos opondremos a que regrese ¡Solo queremos tu felicidad y la de estas maravillosa personas, hijo!-gimió Lucke.

-Querido, tu padre tiene razón. Siempre te esperaremos concordó el aludido.

-No tendrán que hacerlo salvo que me corras-respondió Liam severamente.

-Sabes que jamás haría algo así-afirmó William.

-Entonces está todo dicho. Les avisaremos la fecha de la boda.

-Pero, hijo-titubeó Lucke.

-Querido, respeta la voluntad de nuestro hijo. Por favor-comentó Mollie hablando por primera vez.

-Como gustes. Sacaré los pasajes para tu madre y para mí-asintió cabizbajo. Como ya dije anteriormente, solo deseamos tu felicidad.

Liam dejo de ser noticia y todo volvió a la normalidad .El joven mantenía contacto diario con su familia, especialmente con su hermano Oscar que le mostraba fotos del pequeño Tadeo una y otra vez. Al mismo tiempo, Grand insistía en que lo seguía amando, y le rogaba que regresara, de nada valía que Liam insistiera con que estaba enamorado y muy pronto se casaría. Con el pasar de las semanas, una especie de melancolía empezó a invadir al joven, la cual no pasó desapercibida para William.

-Liam, creo que debemos conversar seriamente- comentó William una noche luego de acostar a su hija.

-Por supuesto, amor-respondió este.

-Desde que te reencontraste con los tuyos has cambiado, estás taciturno, callado, como si tu mente estuviera en otro lado.

-Estoy nervioso por la boda. Y por todo lo ocurrido. En un santiamén, pasé de ser Misterio a Liam

-Sabemos que eso no es cierto. Pienso que a veces imaginas si no estarás cometiendo un error al casarte conmigo, y quedarte anclado en este humilde pueblo.

-Estás interpretando todo mal. Es cierto que a veces recuerdo mis épocas de surfista, mis locas carreras de motoquero en las calles. Pero siempre los elijo a ustedes.

-Deberías asegurarte de los que dices. No quiera que un día me eches en cara que yo te retuve contra tu voluntad.

-Eso no pasará, los amo, ¿cómo debo decírtelo?

-No me interrumpas, por favor. Necesito estar seguro de tus palabras, pero más que nada de tus sentimientos, no solo por mí, sino por Sonia.

-¿Cómo debo decirte que no deseo irme? ¡Esta es mi casa ahora!-gritó Liam callándose de inmediato cuando William levantó una mano pidiéndole que lo dejara terminar.

-Por eso, saqué un pasaje de regreso a tu casa para mañana mismo. No tiene marcado el retorno, tú lo elegirás.

-¿Qué hiciste qué?-vociferó Liam.

-Entendiste bien. No tienes problemas auditivos.

-Por favor, William, te amo.

-Asegúratelo. Partes al mediodía.

-Pero Sonia, no puedo estar sin ella .Y ella sin mí.

-Ya se lo expliqué. Por favor, te ruego que no lo hagas más difícil.

-Habló el dueño de la verdad, el magnífico William Keith. Pues bien, si eso es lo que quieres me iré. ¿A qué hora dijiste que salía mi avión?

-A las doce y treinta. Dejaré a la dependienta en el negocio y te llevaré hasta el aeropuerto -comentó refiriéndose a su nuevo local de importación y venta de cosméticos.

-Me dejas en Austin y yo me arreglo .Será demasiado difícil para todos. Buenas noches.

-Liam, por favor, es por tu bien.

-No sabes lo que dices-rugió el joven marchándose al dormitorio. Ya mismo prepararé mi ropa.

-Querido, por favor.

-Cállate, William, necesito estar solo. Dormiré en el cuarto de huéspedes.

-¿Volverá, papá?-preguntó una llorosa Sonia la noche siguiente a la partida de Liam.

-Estoy seguro, pero debe clarificar sus ideas. Y nunca nos volveremos a separar -respondió William intentando se optimista.

Luego de acomodarse en casa de sus felices padres, Liam tomó su vieja tabla de surf y corrió hacia la playa.

-¿Ya te vas hijo? Pensé que pasarías la tarde con nosotros.

-Cenaremos juntos. ¡Las olas me llaman, pa!-río el joven corriendo hacia la playa.

-Lucke, ven un minuto-llamó su esposa tratando de distraer al hombre.

-Voy, voy-respondió este comprendiendo la intención de la mujer.

-Vaya, no sabía que esto me hacía tanta falta-
sonrió disfrutando la frescura o del agua ¡Aquí
llegó el gran Liam, alias Misterio!-sonrió
recordando a su querida Sonia. *"Le llevará de
regalo una tabla de surf y en las próximas
vacaciones le enseñaré a surfear. Estoy seguro
de que le encantará"*
La semana que pensaba quedarse el joven se
fue extendiendo, al igual que las frecuentes
llamadas a Wimberley.
-No vendrá más, papá. Ya ni siquiera nos llama
seguido -comentaba Sonia observando el
silencioso teléfono.
-Ya no te mortifiques, querida. Estaba pensando
que podríamos hacer un viaje a Disney. Siempre
quisiste conocer al ratón Mickey, ¿qué dices?
-Puede ser-respondió la niña levantando los
hombros. ¿Misterio vive cerca de allí, verdad?
-No lo recuerdo-mintió William.
Liam se miró en el espejo y sonrió satisfecho.
Su piel tostada junto su más largo cabello le
daba un aire muy atractivo y juvenil.

-Esta noche finalmente me encontraré con Grand. Veremos que siento al verlo, aunque el rostro de William se me parece cada vez que pienso en otro hombre. No he querido llamarlo hasta encontrarme con mi ex, así podré afirmarle definitivamente de que él es la única persona a quien amo. Me encanta este lugar, y amé ver al pequeño Tadeo... Pero por algún motivo siento un profundo vacío, y no lo considero mi hogar-pensaba en el momento que sonó el timbre de la puerta de calle. Es él-acotó nervioso.

-Buena suerte, hijo-deseó su madre.

-Gracias. Veremos que ocurre.

-Saludos a Grand-agregó su padre rezando para que la chispa del amor resurgiera ente los hombres y su hijo no volviera a marcharse.

El joven estaba apoyado en su moderno Peugeot cuando Liam salió de casa de sus padres. Elegantemente ataviado, sostenía un hermoso ramo de flores en su mano derecha.

-Más atractivo que como te recordaba -sonrió Grand besándole fugazmente la mejilla.

-También tú, ¿y estas flores?

-Por supuesto que para ti, siempre amaste los pequeños detalles. Sube, querido, tenemos mucho que conversar.

-Eres muy amable-asintió Liam sin poder ver en este hombre aquel que una vez amó.

Casi enseguida, llegaron al moderno restaurant en el cual Grand había reservado una mesa.

-Siempre amaste este lugar, decías que era como cenar sobre las olas-sonrió el hombre.

-Lo recuerdo perfectamente. ¿Qué estarán haciendo William y Sonia?-pensó Liam lanzando un fuerte suspiro que Grand prefirió ignorar.

El joven se sorprendió lo amena que se volvió la conversación, y la rapidez con que las horas iban pasando, aunque solo deseaba retronar su casa y sacar un pasaje para el próximo vuelo a Austin.

 -Pero no siento más nada que una gran amistad. No tengo anda en común con este hombre -suspiró intentando retomar el diálogo.

-¿En qué piensas, querido?

-En lo extraño que me siento…sin afán de ofenderte, es como si fuera otra persona.

-Es lógico, viviste una experiencia traumática. Tienes que reencontrarte contigo mismo. Y yo te ayudaré, si me das la oportunidad.

-No sé si sería justo, tal vez nada vuelva ser como antes.

-Confía en mí, no voy a pedirte nada que no puedas darme. Sabré esperar.

-De acuerdo .Lo intentaremos-asintió al ver el ruego en los ojos de su antiguo novio.

-¡Esa la actitud!-aplaudió Grand levantando su copa de vino. Un brindis por el reencuentro, un brindis por el amor.

-Creo que se ha hecho tarde-comentó Liam casi enseguida...Todavía no estoy acostumbrado a estar levantado hasta tan tarde. Con William…perdón, no debí nombrarlo.

-Yo soy quien debe pedir perdón. El entusiasmo por estar contigo me cegó. Pago y te llevo a casa.

-Lo apreciaré mucho-sonrió Liam.

-Pero no quiero terminar nuestro primer encuentro sin que sepas que te sigo amando como el primer día-afirmó… tomándole una mano por encima de la mesa.

-Grand, yo…

-Está bien, pero creí que debías tenerlo claro.

-Gracias por entender-susurró Liam

Media hora más tarde, Grand estacionó el coche en la puerta de casa de Liam, y lo besó con suavidad.

-Perdona, no estoy listo para…

- Me retracto nuevamente Soy feliz con estar contigo. Y si me permites, me gustaría volverte a invitar¿mañana?

-Está bien .Pero pago yo-bromeó el joven.

-Como gustes, solo quiero que te encuentres cómodo.

-Eres muy amable-comento Liam con tristeza. Nos vemos mañana.

-Y siempre que quieras-sonrió el hombre marchándose.

-Presiento que le estoy dando ilusiones que no voy a poder cumplir, no he dejado de compararlo con William-pensó Liam escuchando golpear a las olas marinas contra la orilla. Esperaré unos días para sacar pasaje, pero apenas amanezca llamaré a William y le explicaré porque no llamé en estos días-reflexionó antes de quedar dormido.

Luego de dos siguientes salidas, Liam decidió que era momento de confesar a su acompañante que ya no lo amaba.

-Ni lo amaré, lo único que deseo es regresar a Wimberley lo antes posible. Pero según me dijo el Padre George, William, y Sonia no regresarán de Disney hasta la próxima semana. Ojalá escuche el mensaje que le dejé-sonrió Liam ilusionado con regresar a los brazos del hombre que tanto amaba. Y si no lo hace, tendrá una sorpresa cuando regrese- acotó sacudiendo las llaves de la casa de William.

-Querido, escuché el correo de voz y vine lo más rápido posible. Pensé que no veríamos el jueves-comentó Grand sentándose junto a Liam en un muro de la rambla.

-Lo lamento pero…el jueves ya no estaré aquí, me voy mañana por la tarde.

-¿Irte?- tartamudeó Grand.

-Querido, sabes que la relación no está funcionando. Ya no soy el mismo que hace dos años. Eres un gran hombre, pero…no te amo. ¡Lo intenté, pero no puedo! Pensé que te habías dado cuenta.

-¿Es por el hombre que te rescató, verdad?

-Así es. Perdóname.

-Pero yo te amo-grito el hombre tomando el rostro de Liam entre sus manos. ¡Eres todo para mí!-lo besó apasionadamente.

En ese preciso momento, el flash de una máquina de fotos encendió el rostro de la pareja.

-¿Qué fue eso?-preguntó Liam observando correr al fotógrafo.

-No lo sé, yo soy un empresario famoso-
refunfuñó el hombre frunciendo el ceño.
Debimos ir a un lugar as cerrado.
-*Espero que ese beso no llegue a ojos de
William*-susurró Liam como para sí mismo.
 William estaba mirando su teléfono y sonrió al
leer el último mensaje de Liam.
*"Pronto estaremos juntos, tenemos pendiente
una plática. Un beso a Sonia, los quiero mucho"*
-También nosotros-suspiró William. Si no s e me
hubiese descompuesto el teléfono hubiéramos
podio conversar. Le daré una sores y en cuanto
lea todos sus mails, los llamaré-sonrió detenidos
en la foto de Liam besándose con un atractivo
tipo.
"¿Renacen las cenizas de un viejo incendio?"-
comenzaba la portada de una conocida Revista
de chimentos.
-Vaya. Interpreté todo mal. Seguro viene a
decime que no me ama. ¡Y la culpa es mía, yo le
pedí que se fuera!-gruño el hombre tirando el
aparato contra el suelo luego de enviarle de
regreso la foto a su amante.

-No es necesario, ya entendí -respondió levantando una mano a su hija que lo saludaba desde el tren mecánico.

Liam abrió los ojos y miro su celular sorprendido al observar la foto acompañada de un mensaje de William. Rápidamente tomó su computador y buscó a la Revista para leer la nota completa.

-No puedo creer como Grand me hizo esto. Debe haber sacado el número de William en algún momento de distracción... Luego lo llamaré para reprocharle su conducta ahora mismo iré a sacar raspaje para irme. Pero antes, hablaré con William para aclarar las cosas. ¡Maldito teléfono!–vociferó sorprendido al comprobar que el número daba como inexistente.

-¿Adónde vas tan apurado?-preguntó su padre dejando de leer el diario. Pensé que tal vez querrías vista la Empresa, la gente pregunta por ti.

-En otra oportunidad, ahora debo sacar pasajes para irme ya mismo. Mi futuro esposo me espera-respondió siguiendo su camino. *"Esta vez, tendrá que sacarme con la policía"*

-Bueno, me gustará tener donde pasar mis vacaciones-asintió el hombre resignado. Y una nieta tan linda como Sonia.

-Grand, nunca debiste hacerlo –afirmó Liam cuando su ex novio atendió la llamada.

-¿A qué te refieres?-preguntó este.

-La foto, no fue casualidad. Y se la enviste a William, seguramente obtuviste su número en algún momento de distracción.

-Perdóname, no soy un mal tipo.-sollozó avergonzado. Pero me desesperé al comprobar que nada de lo que hacía o decía era capaz de despertar el entusiasmo que alguna vez sentiste por mí. Si gustas, lo llamaré para explicarle la verdad.

-Nunca debimos volver a salir -confesó Liam enternecido por la respuesta del hombre... Deja todo en mis manos, y se feliz. Lo mereces.

-Tú también, buena suerte. Y espero alguna vez
me disculpes. ¡Recuperarte para volverte a
perder!…era más de lo que podía soportar.
-Adiós, amigo. Lo mejor para ti.
-Gracias-susurró Grand ahogado por los
sollozos.
-Misión cumplida. Falta solo una cosa y me voy
a mi hogar donde me espera el verdadero amor.

Liam, William…y Sonia

"Hay que mirar a los ojos al Misterio"

Lance Armstrong

-Estas triste, papá. Extrañas a Misterio-comentó
Sonia dejando de armar su rompe cabezas. Yo
también.
-Lo superaremos querida, sabemos que era algo
que podía ocurrir.
-Como Oliver, que también eligió a su otra
familia-agregó con pesar.
-Ayúdame a preparar la cena y luego te contaré
un cuento.
-Estoy un poco grande para eso, pero si lo
deseas, te escucharé.
-.A veces me olvido que ya no eres mi bebita.
¿Podrías darme un abrazo, o es mucho pedir?-
agregó con nostalgia.
-Eso sí puedo-sonrió al niña tirándose en brazos
de su padre.

-¿No hay un abrazo para un pobre viajero agotado?-carraspeó Liam observando la escena desde la puerta.

-Misterio-exclamó Sonia. ¡Sabía que regresarías!

-Por supuesto que lo haría, ¿o acaso no te prometí que nunca nos separaríamos?

-Papá dijo que te quedarías en Florida.

-Tu padre dice cualquier cosa, intenté llamarte para que me esperaras y nunca me atendiste. Incluso hablé con el Padre George -comentó refiriéndose a William que lo miraba con frialdad.

-Perdí el teléfono-respondió el hombre sin hacer más comentarios.

-Mentira, lo rompió al pensar que no regresarías-acotó Sonia ignorando la furiosa mirada de su padre.

-¿Qué quieres, Liam? Recibí tu mensaje…con la foto, claro.

-Recibiste un mensaje que yo ni sabía que existía. ¡Eres tan ciego que ni siquiera comprobaste que no era mi número!

-Eso es lo de menos. Te estabas besando con un tipo.

-Fue un manotón de ahogado de alguien que fue muy importante en mi otra vida, y se negaba comprender que ya no lo amaba. Podría ofrecerte pruebas, pero esta vez, deberás confiar en mí si queremos que lo nuestro funcione. Aquí tiene el número de Grand que fue quien me estaba besando. Él comprobará mis palabras. Tú sabes lo que haces.

-Eso quiere decir que…has regresado por nosotros-susurró haciendo un gesto de desdén.

-Eso quiere decir que te amo, los amo, y me casaré contigo aunque tenga que arrastrarte a la boda.

-No será necesario-sonrió William abrazando a su querido Misterio. ¡Te extrañé tanto, me hubiera matado a patadas en el culo por haberte pedido que te fueras!

-Papá, que boca-rezongó la niña doblando sus brazos en la cintura.

-Un minuto-comento Liam separándose.

Acércate, querida, quiero que seas mi testigo.

-¿Testigo?-obedeció asombrada.

-Así es-guiñó un ojo.

-Allí voy-sonrió sin poner objeciones.

-Toma esta cajita, te indicaré él momento exacto en que debes abril. Señor William Keith, ¿Quiere ser mi esposo?-preguntó poniéndose de rodillas delante del emocionado novio.

-Di que sí, pa.Misterio volvió porque te ama-aplaudió la niña.

-¿Cómo negarme?-acoto William mientras Liam hacia un gesto a Sonia para que la pequeña abriera la cajita donde guardaba los anillos grabados con los nombres de ambos.

-Y usted jovencita, tendrá que cambiar mi nombre .Ya no soy un Misterio.

-Lo siento, Liam-titubeo enrojeciendo.

-Tampoco, ahora deberás llamarme papá ¿crees que te acostumbrarás?

-Claro, papá-gritó la agitada niña.

-¿Podrás vivir alejado de los tuyos, de tus olas, de tus playa?-titubeó William.

-De lo único que no puedo estar lejos es de ustedes. Regresaremos a mi casa cada vez que podamos, además deseo enseñar a Sonia a surfear. Tengo una tabla de regalo en la puerta. Puedes ir a revisarla si quieres.

-Siiiiiiii-aplaudió la niña.

-Tengo miedo al agua-confesó William

-¡Uff! Entonces esperarás en la orilla. Ahora ¿pueden darme algo de comer?

-Por supuesto, toma asiento. Recién comenzábamos a cenar.

-Temí que no me aceptaras de vuelta-confesó Liam repentinamente

-¿Quién es el tonto ahora?-carcajeó William. ¡Siempre te esperaría! Tenía esperanza de que el tipo de la foto fuera algo pasajero.

-¿Y me esperarías?-susurró Liam sintiendo que los ojos comenzaban a gotear.

-No puedo vivir sin usted, Liam Toh-agregó el hombre jugando con el anillo de boda.

-Estamos en la misma sintonía-susurró Liam besando a su amado.

Sonia caminaba de la mano de Liam por los alrededores cuando el enorme lobo aulló desde la cima de una gran montaña.

-Mira, Oliver, ha regresado.

-Mejor volvamos a la casa, puede ser otro lobo hambriento y atacarnos. Son todos muy parecidos.

- Es Oliver. Lo reconocería en cualquier parte, y quiero saludarlo. Mira, viene con un compañero-aplaudió la niña.

-William me matará, pero confiaré en tu palabra-comentó el hombre sin moverse temblando al observar como el animal se dirigía hacia ellos seguido de otro lobo muy parecido.

-Hora de irnos-susurró Liam tomando a la niña de la mano.

-Mira, Misterio que belleza-señalo la niña a los pequeños lobeznos que se asomaron en la cima de la montaña. ¡Oliver vino para a presentarnos a su familia!

-Eso parece –titubeó el joven tratando inútilmente de detener a la niña que corría hacia su antiguo amigo ¡Sonia…vuelve!-suplicó

Sin temor, la niña besó al tranquilo animal, quien tras
lamerle el rostro como un amistoso can, pegó la vuelta.
Una vez en la montaña se volvió para mirar a Sonia, y
tras lanzar un fuerte aullido desapareció seguido por los
otros lobos.
-¿Realmente vi lo que creo que vi?-preguntó Liam
restregándose los ojos.
-Claro que si, regresemos. Allí está papa. ¡Papa, estamos
aquí!-exclamó Sonia agitando las manos hacia el cielo.
-Me apreció escuchar aullar lobos y vine corriendo –
respiró agitado apoyando una especie de escopeta en el
suelo.
-Era Oliver, vino a presentarnos a su familia. Ahora sí,
ya no regresará –suspiró la niña con nostalgia.
-¿Es cierto eso?-susurró William a su novio en voz
apenas audible para no herir la susceptibilidad de su
hija.
-Pues claro. Oliver vino saludarnos antes de regresar
definitivamente con los suyos. Como yo-sonrió besando
a William, mientras Sonia se entretenía juntando unas
flores salvajes.
-Servirán para la boda-comentó robando una carcajada a
los dos hombres, quienes, tras intercambiar un rápido
guiño, comenzaron a ayudarle.
-Las más hermosas, porque las recogió mi hija-asintió
Liam sonriendo al ver el iluminado rostro de Sonia.

*"La vida es misterio; la luz ciega y la verdad inaccesible
asombra"
Rubén Darío*